八卦良い

ご隠居は福の神 11

井川香四郎

時代小説
二見時代小説文庫

目次

八卦《はっけ》良《よ》い——ご隠居は福の神11

八卦良《はっけよ》い——ご隠居は福の神11・主な登場人物

高山和馬《たかやまかずま》……自身の窮乏は顧みず他人の手助けをしてしまう、お人好しの貧乏旗本。

吉右衛門《きちえもん》……ひょんなことから和馬の用人のようになった、なんでもこなす謎だらけの老人。

おたま……油を売り歩く元気な町娘。

古味覚三郎《こみかくさぶろう》…北町の定町《じょうまち》廻り同心。袖の下を要求するなどの芳しくない評判が多かった。

熊公《くまこう》……古味の配下の元相撲取りの岡っ引。和馬や吉右衛門とは顔馴染み。

志乃《しの》……一橋《ひとつばし》家の姫であり十一代将軍・家斉《いえなり》は大伯父にあたる、松平 春嶽《まつだいらしゅんがく》の姉。

新衛門《しんえもん》……両国橋西詰《りょうごくばしにしづめ》にある油問屋「相模屋《さがみや》」の若旦那。

百瀬《ももせ》……一橋家奥女中頭。四十過ぎの大年増。

千晶《ちあき》……藪坂甚内《やぶさかじんない》の診療所で働き、産婆と骨接ぎを担当。和馬に想いを寄せる娘。

土岐山城守頼功《ときやましろのかみよりかつ》…他家より養子に入り沼田《ぬまた》藩藩主となる。将軍家斉により奏者番を拝命した。

虎次郎《とらじろう》……土岐頼功の義弟。後の土岐頼寧《よりやす》（頼寧は土岐家の直系）。

友部内膳《ともべないぜん》……頼功が沼田藩の養子に入る折に、飯田《いいだ》藩から頼功に附けられた家老。

龍 紋寺半蔵《りゅうもんじはんぞう》…見世物小屋、宮地芝居、勧進相撲などを仕切る興行師。

安楽亭策伝《あんらくていさくでん》…落語家でもある、ねずみ長屋の大家の芸名。

佐渡屋富左衛門《さどやとみざえもん》…幼いころの千晶の危難を救った廻船問屋の主人。

第一話　おたまの油

一

　正月の慌ただしさが落ち着いても、高山家《たかやま》では賑わいが続いていた。ご隠居さんこと、吉右衛門《きちえもん》の日頃の親切に対して、近在の人々の挨拶が止まらないからだ。

　もっとも感謝の心に嘘はないだろうが、小さな子供らを高山家に押しつけて、親たちはゆっくり参拝に出かけたり、あるいは仕事に勤《いそ》しんだりしていたのだ。それでも吉右衛門は子供が楽しそうに遊ぶ姿が好きなのか、まるで自分の孫たちのように目尻を下げて眺めていた。

　もちろん炊き出しも行っており、粥《かゆ》や蒸《ふ》かし芋《いも》などを揃えて、子供はもちろん、物乞い同然の者たちにも分け与えていた。高山家に来れば空腹だけは凌ぐことができると、誰もが思っているようだった。

吉右衛門も当然のように、分け隔てなく、できる限りの食べ物や薬、古着や草鞋《わらじ》などを与えていた。

縁側に座って、高山家の若き当主・和馬《かずま》も子供らと一緒になって食べたり、遊んだりするのが当たり前になっていた。今日も食膳を前にして、庭に集まっている子供らを見ながら、鯛《たい》と大根の煮物を食べていた。鯛といっても正月に貰った残りのお頭《かしら》で、近くの神社の供物の下がり物である。

「これはぬる過ぎるな、吉右衛門。もう少し温かい方が、みんな喜ぶのではないか」

和馬が珍しく文句を言うと、少し離れた所で、やはり余り物の餅《もち》を焼いていた吉右衛門が振り返った。

「若《わか》は一応、当家の主人でございますから、気を遣っているのでございます。私が毒味も致しておりますれば、多少冷めるのは仕方がないこと。我慢して下され」

「俺は自分のことを言っているのではない。折角の美味《おい》しい煮物だから、少しでも良い状態で皆に食べてもらいたいだけだ」

「なるほど。しかし、大勢に差し出すのですから、あまり熱いままだと子供らは舌を火傷《やけど》するかもしれませんしな」

「程度ものだ。これでは、折角のおまえの料理が台無しになるじゃないか」

「お気遣い有り難うございます。私もふだんなら、熱めのものをひいひい言いながら食べる方が楽しいですが……」

　などと話していると、近所の親子連れどころか、通りがかりの駕籠《かご》舁き、行商人、普請場《ふしんば》人足なども立ち寄って、まるで町中の飯屋の様相を呈してきた。賑やかに和気《わき》藹々《あいあい》となる光景は悪くないが、

　——これでは、まさしく台所が火の車になるなあ。

　と吉右衛門はぼやきながらも、ご満悦そうに微笑《ほほえ》んでいた。近くのかみさん連中も、給仕役で忙しく立ち廻っている。その姿に感謝しながら、

「のう、和馬様……他人が喜ぶのを見て喜ぶのは、人間のみにくれた性《さが》だと、仏様は仰《おっしゃ》っておる……ここにいる皆は、まさしくそういう気持ちが溢れていますなあ」

　とさらに吉右衛門が笑ったとき、「こんちわあッ」と声がして、表門の方から、棒《ぼ》手振《てふり》姿の町娘が入ってきた。まだ十七、八歳くらいの小柄な女で、愛嬌のある丸顔がいじらしいくらいに可愛らしい。

「おや、これは油売りのおたまさんじゃないか。いつも元気だねえ」

　吉右衛門が声をかけると、満面の笑みで、

「まいど。ご隠居さん。そろそろ油桶が空っぽになってるかと思いましてね。こんなに大盤振る舞いしてたら、あっという間でしょ」

「近頃、油は高いからな。なるべく使わぬようにしてるが、足しておいておくれ」

「ありがとうございます。でも、そんなことを仰らずに、どんどん使って下さいまし。うちが扱ってる油は厨房で使うものも、暖を取るのにも上物ですから」

「分かってるよ。用が済んだら、おたまも鯛と大根の煮付けをどうだね」

「遠慮なく戴きます」

大きな声のえくぼで答えたとき、岡っ引の熊公《くまこう》がのっそりと入ってきた。名前どおりの大きな体軀で、元関取だけに威圧感があるから、一瞬、ざわめきが止まった。しかも、古味覚三郎《こみかくさぶろう》という評判の悪い同心から十手《じって》を預かっているから、折角の楽しい雰囲気が台無しである。

「なんでえ……俺のことが、そんなに嫌いかい」

思わず愚痴を漏らしたが、近頃の熊公は、古味よりもずっとまっとうな探索をしていることを、吉右衛門は承知している。

「親分もどうだね。大食いされちゃ敵《かな》いませんがね」

「遠慮なく戴きやす、と言いたいところですが、ご隠居……すぐ近くで死体が上がりやした。大横川《おおよこがわ》で水死でやす」

　熊公は声を低めて言ったが、すぐに「エエッ！」と叫んだのは、おたまだった。吃《びっ》驚《くり》して振り返った熊公は、その顔を見て、

「こりゃ、おたま坊でしたか。目の片隅には可愛い娘っ子の姿が入ってやしたが、誰かと思ってやした」

　と深々と腰を折って頭を下げた。

「おたま坊はないでしょ、坊は……これでも年頃の娘なんですからね」

「なんだ、ふたりは知り合いだったのですか」

　吉右衛門が訊くと、熊公は照れながら、

「知り合いもなにも、あっしが若い頃、世話になった孫六《まごろく》親分の娘さんでさ。両国《りょうごく》の方ではちょいと名の知れた十手持ちの親分で、へへ、親分がいなきゃ相撲取りになってなかったかもしれやせん」

「そんなに悪かったのかい」

　からかうように吉右衛門が言うと、おたまの方が答えた。

「私がまだ小さな頃のことだけど、うちのお父っつぁんが自分の何倍も大きな熊公さんを殴って叱りつけてたの、覚えてるよ」

「でも、親分は残念でやしたね。亡くなってもう……」

「五年になるよ。あんなに強かったのに流行病《はやりやまい》でアッサリと……早死にだった」

「おたま坊は、こまっしゃくれてて男勝りだったから、みんなに坊主って呼ばれてて、その都度、プンプン怒ってたけど、それが可愛いから余計に、おたま坊って呼んでね」

「やめてよ……」

照れ笑いするのが、また娘盛りで可愛らしい。

「いやあ。いい娘さんになった。でも、なんで、そんな格好を……」

「生きてくのは大変なんだよ。おっ母さんも今、ちょっと病がちでね。私が働かないと、干上がっちまうからさ」

「そうでやしたか。あっしにできることがあれば、なんなりと……あ、俺より、ご隠居さんの方が頼りになるから、そうしなせえ」

「ええ。いつも甘えてますよ」

おたまは微笑んでから、熊公の話を戻すように、

「ところで、今、死体がって言ってたけれど、それは殺しなのかい」

と興味深げに訊いた。

熊公は「殺しかどうかはまだ分からない」と首を振り、吉右衛門に続きを話した。

「その土左衛門《どざえもん》……というより、胸に懐《ふところがたな》刀が突き刺さった若い女が浮かんでいるのを、通りがかった川船の船頭が見つけたんですがね、それが丁度、一橋《ひとつばし》様のお屋敷の近くなんです」

「御三卿《ごさんきょう》の一橋様……」

「はい。一橋家から大横川に流れ出る掘割があるのですが、そこで……」

言うまでもないことだが、一橋家は高山家からいえば扇橋《おうぎばし》の方にある。深川洲崎《ふかがわすさき》十万坪《じゅうまんつぼ》に接している一際《ひときわ》大きな武家屋敷である。吉右衛門も知らぬ武家ではない。

特に、一橋家の眉目秀麗な娘である志乃《しの》は、和馬に惚れている節があるので、少しばかり縁があるといえばあった。

傍《かたわ》らで聞いていた和馬も、一橋家という名に耳がピクリとなった。

「一橋様と何か関わりでもあるのか」

「へえ。実は、一橋家の奥女中で、結衣《ゆい》という者なのです」

「なんと！　まことか」

「まだ行儀見習いに毛が生えたくらいの女でして、日本橋《にほんばし》の呉服問屋『京屋《きょうや》』の娘だそうです」

「『京屋』といえば大名や旗本屋敷、いや大奥にも出入りしている老舗《しにせ》だな」

和馬は何か裏があると察したようだが、おたまの方がもっと興味津々《しんしん》だった。父親《てておや》が岡っ引だったからであろうか、真剣なまなざしで熊公を見つめていた。

「近々、何処かへ嫁入《よめい》りをするとかで、箔を付けるために一橋家の奥向きで世話になってたと聞いておりやす。自害か殺しかはまだ、うちの旦那、古味様も見当がついておりやせん。ただ……お屋敷の奥向きでは色々と嫉妬や羨望が渦巻いているらしいから、あるいは……」

と言った。

「結衣とやらを快く思ってない者が殺したというのか」

身を乗り出して訊き返す和馬に、熊公の方が恐縮したように、

「かもしれやせん。あっしら町方には調べることが、なかなか叶いませんので、高山様ならなんとか探れないかと思いやして」

「分かった。久しぶりに志乃さんに会うてみとうなった。それに、俺の伯母《おば》の千世《ちよ》は一応、武蔵浅川《むさしあさかわ》藩藩主・加納丹波守《かのうたんばのかみ》正嗣《まさつぐ》の正室ゆえな、何か役に立つやもしれぬ。加納丹波守は奏者番《そうじゃばん》を務めたほどの人物ゆえな」

奏者番とは江戸《えど》城での式日などの折に、将軍と大名を繋ぐ役目で、有職故実《ゆうそくこじつ》に秀で

ている人物である。

「そ、それは……畏《おそ》れ多いこってす」

熊公は雲の上のことだからピンとこないとはいえ、下手《へた》に相談するのではなかったと思った。ちょっと様子を探ってみようと考えたのだが、ここまで踏み込んでくるとは想像していなかったからだ。

「でも、あっしの見立てではやはり、何者かが刺し殺し、掘割に落としたと思います。もし万が一、結衣という娘の死に、一橋家の者が関わっていたとしたら、大事《おおごと》でございやすよね。やはり知らぬ顔をしてた方が……」

今更ながら、熊公は尻込みしたが、和馬は毅然と、

「勘違いをするな。娘を殺された親の悲しみを考えてみろ。一橋家の面子《めんつ》がどうのこうのと言っていては、真相が闇の中になろう。何より殺された娘が哀れだ」

「へ、へえ……」

「いや。一橋家と関わりが全くないなら、それを明らかにするためにも、死に物狂いで下手人《げしゅにん》を探し出すのが、おまえたちの務めでもあろう。何も躊躇《ためら》うことはない」

和馬が当然のように堂々と言うのを見て、おたまはパンと手を叩いて、

「さすがは高山家の若様だ。ご隠居様が惚れ込んだ男だけのことはある。こうなりゃ

私だって、じっとしてられませんよ」

「何をする気だ、おたま」

吉右衛門が少し心配そうな顔になるのへ、おたまは悲しそうな顔になって、

「実はね……結衣ちゃんとは知らない仲じゃないんだ」

「えっ……！」

「でも、親しいってわけでもない。だけど、とても気になる。だから、昔のように、おたま坊になるだけだよ」

と意味ありげなことを言って、おたまは自分の鼻の前に油を掬《すく》うお玉杓子《たまじゃくし》を掲げて見せるのだった。なんだか嫌な予感が吉右衛門の脳裏に過《よぎ》ったが、誰もが巻き込まれることのないように見守るしかなかった。

二

日本橋『京屋』の暖簾《のれん》を割って、店に入ってきた古味覚三郎の姿を見て、番頭の幸《こう》兵衛《べえ》は深々と頭を下げた。年配の番頭で、大店《おおだな》中の大店にしては柔らかな物腰だった。

すでに二、三度、古味は訪ねてきているのか、他の客の目を気にするように、店は

手代らに任せて奥に誘った。

さらに奥座敷では、主人の忠左衛門《ちゅうざえもん》が寝込んでいるという。ひとり娘の死を信じられず、廃人のようになっているとのことだ。古味も妻子がいるので、主人の気持ちは痛いほど分かる。だが探索だと割り切って、いつものようにズケズケと問いかけた。

「検屍でも何度も調べたが、胸をグサリと一突きのようだ。金目のものは取られてないし、恨みによるものだと思われる」

「でも、結衣ちゃんに限って、人に……」

「知らないところで恨まれてることもある。それに、刺し傷から見て自害ではないらしい。ためらい傷もないからな」

古味は、項垂《うなだ》れる幸兵衛に少しばかり声を低めて、

「だが……自害ってことで処理したい。それでよいかな」

「ええっ。それは、どういうことでしょう」

「恨みがあるとすれば、一橋様の奥向きで御簾中《ごれんちゅう》か、もしくは奥女中たちと何か揉め事があったに違いない。武家屋敷で陰惨な虐《いじ》めがあることは、よく耳にすることではないか」

「でも、そんな……」

「相手は一橋様だ。もし奥女中が関わっていたとしても揉み消しにかかるだろう。事を荒立てれば、この『京屋』の商いにも関わってくるであろう」

「それでは、結衣さんが無駄死にではありませんか」

幸兵衛が悲痛に訴えても、古味は残念だと首を横に振りながら、

「酷な言い方だが、真相を暴いても娘は帰ってこない……それとも何か心当たりがあるとでもいうのか？　例えば『京屋』に恨みがある者が娘に手を掛けた、とか」

「うちに恨みなんぞ……」

暗澹《あんたん》たる思いになったとき、中庭にひょっこりと、おたまが現れた。もちろん町娘姿だが、油の天秤棒は担いでいる。

「勝手口から失礼しました。はい、勝手知ったるなんで」

おたまが遠慮がちに声をかけると、幸兵衛は顔に覚えがあって、

「——おまえさん、たしか、結衣さんの……」

「はい。油売りのおたまです。結衣ちゃんとは両国にいた頃、幼馴染みとして付き合ってました」

両国には『京屋』の出店があって、おたまの父親の孫六も出入りしていたのだ。それが縁で、おたまは今でも結衣の仲立ちで、『京屋』にも時々、〝油を売り〟に来る。

そして、結衣と馬鹿話に興じることもあった。

「一橋様のお屋敷に奉公することを喜んでたのですが、このたびは大変なことに……」

言いかけるおたまに、古味は「なんだ、おまえは」と迷惑そうな顔で、

「御用中だ。油を売るなら後にしろ」

と追っ払おうとした。

「いいえ。今、旦那の話を聞いていると、下手人探しはしないとのことですが、それはあんまりじゃございませんか」

「関わりない奴は引っ込んでおれ」

「人の話を聞いてましたか。結衣ちゃんとは幼馴染みなんです。それに、町方の旦那が真相を諦めたんじゃ、結衣ちゃんがあんまりです。一橋様の奥女中勤めだって、あんなに喜んでたのに、あんまりです」

一気呵成《いっきかせい》に喋るおたまを、古味は苛《いら》ついた声で、

「何様のつもりだ。町娘の出る幕じゃねえよ」

「そんなだから、熊公親分も心配で、和馬様を頼ったのですね」

「えっ……」

一瞬、戸惑った表情になった古味は、

「和馬様って、あの深川菊川町《きくかわちょう》の高山家のご隠居の所の……」

「そうですよ。熊公親分は、一橋様に関わりがあろうがなかろうが、殺しは殺しだ。絶対に放っておけねえって、気合いを入れてましたよ。なのに旦那は、それでいいのですか」

「だから、ややこしいのは懲《こ》り懲《ご》りなんだよ……なんだって、またご隠居なんかに……熊公のやろう、余計なことをッ」

さらに苛ついた声になって、古味は舌打ちをした。すると、おたまは天秤棒と油桶を置くと、岡っ引のように身を乗り出して、可愛い顔を突きつけた。

「な、なんだ小娘……」

「結局、うやむやにしたいだけでしょ。それとも、一橋様に金を握らされて何か頼まれましたか。旦那は知る人ぞ知る〝袖の下同心〟らしいですからね」

「おまえな、いい気になってると……」

「痛い目なら慣れてます。お好きなところを殴《と》るなり蹴るなりして下さい」

そんな遣り取りを見ていた幸兵衛は思わず止めて、

「よして下さい。うちとしては、主人もただ本当のことを知りたいだけです」

と嘆くと、すぐにおたまが訊き返した。

「では、番頭さん。なんでもいいから、心当たりはありませんか。どんな小さなことでもいいのです。結衣ちゃんに変わったことがありませんでしたか」

切羽詰まった言い方に、幸兵衛はハッとなって、

「実は……結衣さんは数日前、宿下がりで帰って主人と寛《くつろ》いでいたのですが、夜になって急に一橋家から駕籠が迎えに来たんです。まだ三日ほど残っていたのですが、使いの者が何やら耳打ちすると……」

結衣は突然、驚いた顔になったという。そして、

『大変なことが起こったそうです。早くお屋敷に帰って、お話をしなければ』

と慌てて帰ったと番頭は話した。

「何があったかは分かりません。ただ行儀見習いに出しているだけの娘に、そんな大変なことなどあるわけがありません。ですから、主人は引き留めようとしましたが、結衣さんは慌てて迎えの者に従いました」

「そんなことが……でも、その後に誰かに殺されたとしたら……」

おたまは胸の痛む思いがした。幸兵衛も沈痛な面持ちで、

「一橋家に奥女中として入る話が決まったとき、当主のご正室が母親のような気がす

ると話していたんです。母親を幼くして亡くしている結衣さんにとっては、そうした思いがあったから、もしかしてご正室に何かあったのかと、私は考えておりましたが……」

と伝えた。

だが、それとて直《じか》に一橋家で訊いてみないと真相は分からない。

その時——手代頭《がしら》に案内されて、廊下を店の方から来た若い男がいた。背が高く凛《りん》とした風貌で、いかにも大店の若旦那という颯爽とした態度だった。

「あ、これは、新衛門《しんえもん》さん……」

幸兵衛が縋《すが》るように声をかけると、おたまも振り返って「アッ」と驚いた。新衛門の方も少し驚いたようにおたまを見たが、軽く会釈をすると幸兵衛の元に近づいて深々と挨拶をした。

「旦那様の具合はどうですか」

「それがまだどうにも……魂が抜けたようです」

「でしょうな。葬儀など後のことは私が仕切らせていただきます」

「いえそんな……新衛門さんの方も気を病んでますでしょうし……見るからにやつれておいでです。目も腫れておりますし……」

「番屋で、結衣の亡骸《なきがら》を見てから、ずっと泣き通しでした……でも幸兵衛さん。結衣はまもなく私に嫁《とつ》いでくることになってましたから、どうか私の手で弔《とむら》いを……」

真摯な態度で頭を下げる新衛門を、おたまは一瞬、「エッ」という顔で凝視した。新衛門の方は気づかず、頷きながら幸兵衛の手をしっかりと握りしめた。傍らにいる古味を見た新衛門は、

「古味様にもどうぞ、探索の方、宜しくお願い致します」

「え、ああ……」

曖昧に答える古味を、新衛門が訝《いぶか》しげに見たとき、おたまが声をかけた。

「この町方の旦那はサッパリやる気がありません。それどころか揉み消しとまでは言いませんが、一橋様に忖度《そんたく》しています」

「えっ。やはり一橋様は関わりあるのですか」

新衛門が尋ね返すと、おたまはチョコンと頭を下げて、

「それはまだ分かりませんが、私が下手人を探し出してみせます」

「失礼ですが、あなたは……」

「あんな大きな油問屋で、毎日、大勢の人たちが出入りしているから、私のことなんか覚えているわけがありませんよね」

「え……？」

「私、油の量り売りをしている、おたまというものです。お玉杓子のおたまです」

「そういえば……」

　棒手振り用の油桶に目をやった新衛門は、

「ああ、それは、おまえさんの……」

「はい。両国橋西詰《にしづめ》にある『相模屋《さがみや》』さんには、毎日のように油を分けてもらいに通っております。いつも、ありがとうございます」

　一日に売る分を受け取りに行き、それを売り捌いてから、お金を払う。この後払いが、日銭稼ぎのおたまには有り難い。ふつうは先払いだから、余ったものは自分がかぶらなければならない。しかし、『相模屋』は余った油の分は、引き取ってくれるのだ。

　これは魚などの生物《なまもの》とは違うからできるのだろうが、一日中、空気に触れた油は売り物にならなくなることもある。それでも、引き取ってくれるから、おたまのような規模の小さな小売りには大助かりだった。

「いいえ。こちらこそ、ありがとうございます。あなた方のような人たちがいるから、『相模屋』は成り立っているのですから」

大店の若旦那らしくなく、丁寧に頭を下げた。

「でも、まさか結衣ちゃんの花婿《はなむこ》さんだなんて、思ってもみませんでした……だって、結衣ちゃん、一言も……」

教えてくれなかったと言ったおたまの目が、ほんのわずかだが曇った。幼馴染みだと知った新衛門は、「そうでしたか」と頷きながらも、少しバツが悪そうに、

「縁とは不思議なものですね……」

と呟《つぶや》いた。

「私、結衣ちゃんを殺した下手人を、必ず見つけてみせます。お父っつぁんの十手にかけて、必ずッ」

「お父っつぁん……？」

「はい。両国の孫六といえば、昔は知られた人だったんです」

「ああ。聞いたことがありますよ。うちも親父の代にお世話になったかもしれない。泥棒には時々、入られてましたからね」

新衛門とおたまが意気投合したような雰囲気に、古味は面白くなさそうな顔で見ていた。が、その目がなぜかギラリと光って、食い入るように新衛門に釘付けになった。

三

一橋家は、八代将軍・徳川吉宗《とくがわよしむね》の四男・宗尹《むねただ》を祖とし、将軍家に後嗣《こうし》がないときは御三卿の田安《たやす》家、清水《しみず》家とともに将軍を出せる家柄である。

家格は徳川御三家《ごさんけ》に次ぎ、石高は十万石に過ぎないものの、十一代将軍家斉《いえなり》を出した名門として君臨している。上屋敷が一橋御門内にあるのも、〝将軍家〟扱いされているということである。

七代目当主は一橋慶壽《よしひさ》である。一橋家は早逝《そうせい》している当主が多く、先々代の斉位《なりくら》、先代の慶昌《よしまさ》同様、田安家から養子をとり継《つ》いでいた。

志乃の実父は、宗尹直系の四代当主の斉礼《なりのり》であるが、やはり二十八歳で没している。

つまり、将軍家斉は志乃にとって大伯父《おおおじ》である。

いわゆる〝深川屋敷〟と呼ばれる一橋家下屋敷には、側室とその奥女中らが暮らしていた。志乃は未だに嫁ぎもせず、この屋敷で好き勝手に過ごしていた。

年頃は慶壽と同じくらいなので、よく兄妹と間違われる。が、慶壽の父親・斉匡《なりまさ》は将軍家斉の異母弟であるから、風貌がどことなく似ていても不思議ではない。もっとも慶壽は御門内の上屋敷におり、めったに顔を合わせることはない。

下屋敷にいる慶壽の側室・瀧川《たきがわ》は、奥女中頭の百瀬《ももせ》とよほど気が合うのか、いつも屋敷内で芸事や遊興を共にしていた。歳は瀧川がまだ二十前の若い女であるのに対し、百瀬は四十過ぎの大年増といえようか。志乃の父親・斉礼が当主になった頃から、屋敷で奉公している。志乃にとっては養母同然であった。

荘厳で華やかな襖絵が並ぶ数寄屋造りの屋敷内には、煌びやかな調度品の数々が並んでいる。庶民の暮らしとは大きな隔たりがある屋敷には、高山家の庭に集まる子供たちはまったく縁がなかった。

いきなり百瀬の部屋に現れた打掛姿の志乃を見て、瀧川は驚いたように、

「これは珍しや。志乃様が何用でございまするか」

丁寧な言葉遣いではあるが、立場上は小姑《こじゅうと》同然なので、厄介そうな口振りだった。側室といっても、小藩の大名の養女ということで、上屋敷の奥女中であった。いわば当主の〝お手つき〟である。正室は貞敬《さだよし》親王の王女であるから、どこか引け目がありそうだった。

「当家の結衣という奥女中が殺されたそうですが、何故、私には黙っておいでてでしたか」

志乃がどちらにともなく問いかけると、すぐに百瀬の方が答えた。

「私も建部《たてべ》殿に聞いて、驚きました」

今は諸国を漫遊しているという噂の元家老の建部吉之介《きちのすけ》ではなく、その息子の徳之《とくの》介《すけ》のことである。上屋敷にて、慶壽の側《そば》に仕えている。志乃は今し方、聞いて驚いたと伝えると、百瀬は恐縮しながらも、

「それは遅くなりまして相済みませぬ。結衣は私どもの見習いで、志乃様付きではありませんので、申し訳ありません」

「私も顔はハッキリとは分かりませんが、当家に来て間もない者でしょう。何があったのか、詳しく話して下され」

志乃が毅然と言うと、百瀬は承知したように頷いたものの、

「それよりも、志乃様は誰に結衣のことを聞いたのでございますか。屋敷内でもまだ内聞にしていたのですが」

「内聞にねえ……町場から聞こえてきますよ。結衣の亡骸は大横川に流れ出る、うちの前の掘割から見つかったのですから。町方も殺しと見立てて探索しているそうですよ」

「さすがは、日頃から市中を徘徊して、世情に詳しい志乃様でございますこと」

一橋家の姫君がすることではないと皮肉を言いたげだが、それを気にする志乃ではない。平然とした顔で、

「まさか余所《よそ》様から、うちのことを聞かされるとは思ってもみませんでした。で、百瀬……結衣は宿下がりしていたのに、急に屋敷に呼び戻されたらしいですね。誰が一体、何のために迎えに行ったのですか」

「それが、私どもには分からないのです。他の者にも聞いてみましたが、誰も心当たりがないのです」

「奥向きでの諍《いさか》いは？」

「まさか、そんなことはある訳がありません。私たちはご覧のとおり、瀧川様を中心にして仲良しばかりでございます。結衣が本当に殺されたかどうかまで私たちは知りませんが、奥向きには関わりございません。籠《かご》の中の鳥同然の私たちに何ができましょうぞ」

百瀬は不愉快そうに眉間に皺《しわ》を寄せた。養母のような奥女中のことゆえ、志乃も少し気が短いことは承知している。

「――それも、そうですね……」

「はい。何か疑いをかけられたようで、私は悲しゅうございます」

芝居がかってわざとらしく言うのも、志乃はよく知っている。

「知らないのなら、それでよいのです。でも、世間では、一橋家の奥女中が殺されたということを興味深げに思っているでしょう。今のところ、読売屋なども遠慮して何も騒いでないようですが、あなた方もゆめゆめ……」

「はい。よく分かっております。決して余計なことは外に漏らしません」

凛とした顔を向ける百瀬に、志乃は敢えて、

「余計なこと……？」

と訊き返した。だが、百瀬は平然と、

「志乃様にはもちろん、一橋家の迷惑になるようなことはしないということです。それが私たち奥女中の務めでございますから」

「さようか。では、よしなに……」

衣擦れの音を立てて、部屋から出ていこうとして、志乃は「おや？」と立ち止まり、鼻先を微《かす》かに動かして、

「はて……これは何でしょうかね」

と部屋を振り返ると、百瀬が首を傾げた。

「え……なにか……」

「あなたたちには分かりませんか？　変な臭いが何処かから……鼠《ねずみ》か鯉《こい》の死骸が腐ったような、なんとも嫌な……」

志乃がさらに部屋を見廻すと、百瀬の面上には明らかな動揺の色が浮かんだ。だが、すぐに自分でも嗅ぐ仕草をしながら、

「気のせいではございませんか……ねえ、瀧川様……他の者もどうじゃ」

と控えている数人の奥女中たちに尋ねた。だが、誰もが同じように首を傾げていた。

「そうですか……気のせいかしらね……」

志乃は打掛の裾をバッとひるがえして、立ち去るのであった。


その頃、おたまは『京屋』にほど近い茶店の主人に会っていた。この店の団子《だんご》が、結衣は大好物らしく、宿下がりのときに立ち寄ったらしいのだ。

「ええ。お見えになりましたよ。すぐそこだからお持ちしますよって言ったのですがね。だって、相手はもう一橋様の、ねえ……」

ところが、主人は少し愚痴っぽい感じで、

「宿下がりしたのは、新衛門に会うためだったのに、両国の店を訪ねたら、何処かに仕入れに出かけていたらしく、一緒に食事をすることもできなかったとか」

「新衛門さんに会うために……」

「だって、半年振りだったらしいですからね。嫁入りの話を詰めるつもりだったのかもしれないし……とにかく、まるで振られたかのようにがっかりしてましたよ」

「仕入れ……ですか」

「あの『相模屋』ほどの大店なら、仕入れに行かなくても、油作りの大元から届けに来ると思うんですがね。それに、俺は余計なことを言っちまって……」

「余計なこと……？」

「あ、いや。それこそ余計なことを言うところだった」

主人が言いかけたことを止めたとき、熊公が入ってきて、

「いや。余計なことじゃねえぞ」

と、いきなり威圧するように言った。

「もしかして、新衛門が何処ぞの商家の女将《おかみ》さん風の女と、一緒に出歩いてたって話かい。なに、俺も聞き込んできたものでな」

「ええ、そうです」

主人はすんなり認めた。この辺りを毎日のようにうろついている熊公のことが、どうも苦手《にがて》のようだ。

「まさか、結衣さんという綺麗で若い娘さんを嫁に貰うのだから、浮気相手ってわけじゃないでしょうが、人目も憚《はばか》らず手を繋いだりして、妙に親しそうでね」

「ほう……で、誰かまでは知らないのか」

「俺は知らないが、俺の知り合いが、両国橋近くの出合茶屋《であい》に入るのを見かけたことがある……なんて話もしてやした」

「出合茶屋ねえ……」

男女が密会する所だから、おたまも俄《にわか》に不愉快になった。たしかに、新衛門は色男風であり、女には好かれると思う。事実、自分も心密かに思っていた時もある。だが、女たらしという噂は聞いたことがない。

「その女将さん風というのを探すのが一番、手っ取り早いんじゃないかな、親分」

おたまの方からそう言った。

「どうしてだい」

「もし殺しだとしたら、女将さん風ってのが焼き餅でも焼いて、新衛門を奪おうとしたとか……」

「あり得ない話じゃねえが、宿下がりしている結衣を一橋家の者が連れ戻しに来て、その後に死んでるんだ。釈然としないじゃねえか」

「熊公親分、どうしてそのことを……」

「古味の旦那から聞いたんだよ。あちこちで話してら、下手人探しのためだってな」

ふたりの話を聞いていた店の主人は、聞いていない振りをしていた。厄介な事に巻き込まれたくないという顔つきだ。ただ、結衣が殺されたということが、やるせないので、下手人を早く見つけてくれと熊公に訴えた。

主人から聞いた話から、ふたりは両国橋の出合茶屋を探した。すると、意外なことに件《くだん》の場所はすぐに分かった。『青葉《あおば》』という出合茶屋は、新衛門がよく使う店だということが分かった。

その店の女将こそが、新衛門がよく一緒にいるところを見かけられた相手だった。お倫《りん》という女将は三十絡みで、新衛門よりも数歳年上のようだが、妙な色香が漂っていた。聞き込みに来た熊公も思わず喉《のど》が鳴るほどのいい女だった。

「これじゃ、油問屋の若旦那もイチコロってとこかいな。近松《ちかまつ》の歌舞伎のような愁嘆場にならなきゃいいがな」

「――御用はなんでございましょう」

落ち着いた態度のお倫に、熊公は直截《ちょくせつ》に訊いた。お倫は大笑いして、

「人の噂なんて、大抵はいい加減なものですよ。親分さん、そんなことで一々、新衛

門さんと私の仲を疑うなんて、その目は節穴ですかって言いたいくらいですわ」

「なら、どういう仲なんだい」

「それは新衛門さんに聞いて下さいな……って言いたいところだけど、実は姉弟《きょうだい》なんですよ、腹違いですけどね」

「え？　そうなのかい」

「新衛門さんは他人様《ひとさま》にも話していることだから、私が言ってもいいと思うけれど、『相模屋』の先代、つまり私のお父っつぁんは、お内儀以外に私の母親を囲ってたんです」

「…………」

「お内儀には子供ができなかったので、よくうちに泊まりに来てましたよ。私も可愛がって下さいました。私が五歳の頃、お内儀が新衛門さんを孕《はら》んだんです。男の子だから跡継ぎができたと喜んでましたよ。うちにも時々、連れてきてましたからね。お姉ちゃんだよって、一緒に遊んでました。でも……」

　お倫は少し寂しそうになって、

「やはり正妻に男の子ができれば、どうしても可愛くなる。うちに来ることも少なくなってきたし、おっ母さんも日陰の身が嫌になったのか、私のことを考えたのか……

丁度いい塩梅に知り合った旅の人と一緒になってね。上総《かずさ》の方に私を連れて引っ越しました」

「では、新しいお父っつぁんが……」

おたまが訊くと、お倫は頷いて、しげしげと見つめながら、

「そのとおりだよ……あんた、孫六親分の娘さんだろ」

「えっ。知ってるんですか」

「私が江戸にいた頃に、あんたはまだ生まれてなかったと思うけれど、ここに戻ってきてから、誰とはなしに聞いたよ。今は『相模屋』に出入りしている」

「はい……」

少し気味悪げに、おたまはお倫の様子を窺っていた。

「でもって、新衛門さんに首ったけ」

「えっ……」

俄にはにかむ様子に、お倫は図星だねと笑って、

「見てれば分かるよ。毎日、大勢の人が出入りしているけれど、新衛門さんのことを見つめるあんたの目は違うもの」

「そ、そんな……」

「うちと『相模屋』は目と鼻の先だからね。たまに手伝いに行くんだよ。先代もお内儀も、私のおっ母さんも亡くなった。まだ死ぬような歳じゃないのにさ……でも、姉弟がこうして再会できたのも何かの縁。だから、見守っていてあげたんだよ」

「…………」

「だって、あんまりじゃないか……せっかく、『京屋』っていう、いい所の娘さんを嫁に貰うはずだったのにさ……」

お倫は俄に大きな瞳から涙を零《こぼ》して、たまらなそうに顔を背けた。震える背中を見ながら、おたまと熊公は、とんだ勘違いだったと深い溜息をつくのだった。

四

「――なるほどね。そういう事情があったのですか……」

おたまから話を聞いた吉右衛門も同情めいた声になったが、少しからかうように、

「つまりは、男女の仲だというのは、的外《まとはず》れだったということですな」

「まあ、たしかに……でも、当たらずとも遠からずってやつですよ」

半ばムキになって、おたまは返した。

「ほう、どうしてだね」

「だって、もう二十年以上会ってない男と女ですよ。新衛門さんは年上が好みなようだし、分からないじゃないですか」

「ふむ。新衛門とやらのことに、おたまは詳しいのだね」

やはり、からかうように言う吉右衛門に、おたまはプンと頬を膨らませて、

「真面目に聞いて下さいな。結衣ちゃんは宿下がりしたのですよ。今度、屋敷に帰ったら次はまた半年後くらい。用事を差し置いてでも会いに来たくなるのが、人情じゃないですか。なのに新衛門さんは油の仕入れに出向いてた」

「男は仕事が一番でしょう。いずれ嫁に来るのだから、せわしく会わなくても……」

「そうですかね。私が結衣ちゃんだったら、すぐにでも会いに来てもらいたいです」

「まるで、自分の愛しい人に対する言い方だな。そんなに好きだったのか」

吉右衛門がまたふざけた口調で微笑むと、おたまは真顔になって、

「――ご隠居さん……私ね、本当に新衛門さんのこと憧れて、好きだったんだ」

「…………」

「でも、まさか結衣ちゃんもそうだったなんて知らなかった……一橋家で見習い修業をした後に嫁入りするとは聞いていたけれど、誰かとは言ってくれてなかった」

おたまは少し涙ぐんだような顔になって、

「私は新衛門さんに片思いしてるって、結衣ちゃんには話したことがある……だから、ちょっと裏切られたような気持ちなんです」

と正直な思いを吐露した。

「そうだったのか……」

「あ、私ったら、ご隠居さんに、なんてことを……ああ、恥ずかしい」

真っ赤になった頬に両手をあてがうおたまの気持ちを、吉右衛門は受け止めて、

「だからこそ真相をハッキリとさせたいのだね」

「は、はい……」

「ならば、おたま。いま少し調べた方がよいのではありませんか。新衛門の姉というお倫との関わりを。おまえが言うように、たとえ姉弟であっても、二十年も会ってなければ、人はお互い変わりますよ。それに、ふたりとも幼い頃に離ればなれになったのですからねえ」

意味深長な物言いだが、おたまの心にズキンと訴えてくるものがあった。

「そうですよね。私なりに頑張ってみる。訳がなんであれ、結衣ちゃんが殺されたのは、あんまりだから」

おたまは気を取り直したように、屋敷から飛び出していった。

入れ違いに、何処へ行っていたのか、和馬が帰ってきて、神妙な顔つきで吉右衛門の前に座った。すれ違ったおたまの姿を見たばかりなので、

「吉右衛門。また何かそそのかしたか。目が血走ってたぞ」

「そうですか。親父さんゆずりの岡っ引根性に火がついたのかもしれませんな、はは」

吉右衛門が冗談めかして言うと、和馬はおたまのことを気にして、

「あまり深入りはさせない方がよいかもしれないな。なんとも嫌な予感がする」

「何か掴まれましたか」

「志乃さんの話では……今のところ、結衣に関して確たるものはないけれど、側室の瀧川と奥女中頭の百瀬が、どうもしっくりこないと話してたのだ」

「しっくりこない……」

「何かを知っているけれども隠しているという感じだったとか。それに妙なというか、百瀬の部屋には面妖な臭いが漂っていたらしく、それが気がかりだとか」

「面妖なとは、どういう臭いですかな」

「俺が嗅いだわけではないから分からぬが、屁《へ》ではあるまい」

「冗談はよして下さい。私は真面目に訊いているのです」

「そう怒るな。近頃、気が短くなったか。それも年のせいかな」

吉右衛門の表情はまったく揺るがないので、和馬は素直に、

「これは済まぬ……念のため、志乃は屋敷中の色々な所を巡って、犬のように臭いを嗅いだらしいのだが、やはり百瀬の部屋のような臭いは他にはなかったそうでな」

「奥女中の部屋だけ……」

「ああ。しかし、志乃がその臭いを袱紗に詰めて俺に嗅がせるわけにもいかず、印象だけで言うと鼠などの小さな生き物の死骸の臭いに近いらしい」

「鼠の死骸……」

鼻先に指を立てて考えていた吉右衛門は、首を傾げながら、

「もしかしたら、南蛮煙草《なんばんたばこ》の類《たぐ》いかもしれませぬな」

「南蛮煙草……要するに違法な煙草か？」

その昔、元亀《げんき》年間、長崎《ながさき》の港にポルトガル船が入港して以来、来航する貿易船は、長崎の町に数々の植物を持ち込んだ。鎖国後に、長崎出島《でじま》に滞在した植物学者は逆に、日本の植物を西欧に持ち帰って研究したという。

慶長《けいちょう》年間になって伝来した植物で、最も栽培されるようになったのが煙草である。

南蛮船で訪れた宣教師たちが吸っていた南蛮煙草である。それは長崎でも栽培され、栽培地の名前から〝桜馬場《さくらばば》煙草〟とか〝長崎煙草〟と呼ばれて、当初は上方《かみがた》や江戸の武家屋敷で広がった。それが庶民も口にするようなったのである。

後の元禄《げんろく》時代には、出島の中に薬草園が作られ、年に一度、オランダ商館長が江戸の将軍に謁見する際に、薬草などを献上することがあった。逆に、将軍家からは茶葉を下賜《かし》していた。他に綺麗な草花や美味しい果実などの交換もあり、いわば植物による異国との交流が行われていたわけだが、その中に南蛮煙草と呼ばれるものがあった。

「その南蛮煙草というのは、阿片《あへん》ほどの害はないそうですが麻薬の類いなので、癖になれば着実に人の体に悪いとのことです」

吉右衛門はそう言って、憂慮した。

「もし、一橋様のお屋敷の中で、不法な南蛮煙草や阿片などが蔓延《まんえん》しているとなれば、当主の慶壽様にもお伝えして、善処させねばなりますまい」

「なんだ、急に幕閣でもあるような口振りになって……」

和馬はまたからかおうとしたが、やはり吉右衛門は真剣な眼差しで、

「戯言《ざれごと》では済まないかもしれませぬよ。ひょっとすると、結衣という奥女中見習いが殺されたのは、そのことと関わりがあるかもしれませぬからな」

「たしかにプンプン臭うな……あ、洒落《しゃれ》ではないぞ、真面目に言ったのだ」

言い訳めいた顔になって、和馬は背筋を伸ばすと、

「この際、俺が一橋家の下屋敷に潜り込んで、臭いの正体を摑んでみせよう」

「それならば、和馬様より適任がございましょう」

「え……？」

「千晶《ちあき》でございますよ」

深川診療所の藪坂甚内《やぶさかじんない》先生のもとで、産婆《さんば》並びに骨接《ほねつ》ぎ医として働きながら、薬草にも深く通じているからである。

「なるほど……しかしなあ……」

和馬は少しばかり嫌がった。千晶と志乃はふたりとも、和馬に恋心を抱いているからである。もっとも千晶は猛烈に接するのに対して、志乃は付かず離れずの関わりである。しかも、志乃は諸大名から引く手あまたゆえ、いずれ身分の高い大名に嫁ぐであろうから、下級旗本の和馬とは不釣り合いだ。縁がないといってもよかろう。

だが、和馬は、このふたりが会うのが、どうも心地悪いようだった。

それでも――。

吉右衛門から相談を受けた千晶は、二つ返事で請け負った。

「そりゃ、和馬様の頼みとなれば、火の中水の中。なんでも致しますよ。実は私も、一橋様の奥女中の死には、少しばかり疑念を抱いていたんです」

「疑念を……」

「はい。検屍したのはうちの藪坂先生ではありませんが、胸を一突きで殺されたのは間違いないでしょう。私も見ましたから」

「えっ。見たのか」

「だって、はじめに見つけたのは私ですよ」

「そうなのか。熊公の話では川船の船頭だって……」

「私が、掘割にうつ伏せに人が浮かんでいるのを見つけたので、通りかかった船頭を呼んで確かめてもらったんです」

「千晶はよくそういう目に遭うな。ならば、ますますもって宜しく頼む」

「合点《がってん》承知の助《すけ》です。私も一度でいいから、一橋家の奥向きに入ってみたかったの。だって、ねえ……分かるでしょ」

事情を知っている吉右衛門に、千晶は屈託のない笑みで、

「ついでに志乃さんの気持ちもキチンと聞いてきましょうかね」

「とにかく、もし一橋家に南蛮煙草や阿片の類いを持ち込んだ者がいるとすれば、徳

川本家にも関わる一大事ゆえな。しかと頼んだぞ」

「分かりました。でも、どうやって……」

「それこそ和馬様が、志乃さんに頼んでな。はは、おまえさんも奥女中となって嫁入り修業ってことで、よかったのう」

吉右衛門は何が楽しいのか、千晶もそれなりの格好をすれば〝馬子《まご》にも衣装〟であろうと軽口を叩くのであった。

五

一橋屋敷は隣接する十万坪の埋め立て地よりも広い。大きな屋敷に、見晴らすばかりの庭園が広がっている。

千晶はいつも過ごしている深川診療所が狭く感じられた。診療所とて寺を借りて営んでいるから、決して狭くはないが、やはり庶民とは天と地ほどの違いがあるのだなと実感するのだった。

だが、着慣れない小袖に提帯《さげおび》、黒い打掛姿に、髪はお長下《ながさ》げに絵元結《えもっとい》という窮屈極まりない格好で、志乃の後ろを付いて歩いていた。

——落ち着け、落ち着け……。

と千晶は自分に言い聞かせていた。口の中で唱えているだけなのに、志乃は聞こえたかのように振り返り、

「大丈夫ですよ。何かあれば、私が庇《かば》いますから、平然と百瀬の様子を探って下さい」

と言った。

「べ、別に、私は落ち着いてますすよ。志乃様こそ緊張してるのではありませんか」

「どうしてです」

「だって、私をまるで密偵のように使うのですから」

「和馬様のたっての頼みですから」

「……でも、結衣ちゃんのためですよね」

「そうですよ。おたまという油売りの娘の友だちだってことも、ご隠居さんから聞いております。千晶さん、万が一、実物を見つけたら、宜しくお願いしますね」

南蛮煙草とやらを探させる気が見え見えである。志乃自身が問い質《ただ》してもよいのだが、それでは白《しら》を切られて終わりであろう。吉右衛門が直感したように、南蛮煙草と結衣の事件が関わりあるのならば、志乃としてもキチンと始末をつけなければならな

い。

　奥向きに案内される途中、広い池があり、石橋が架かっていた。鯉がピョンと跳ねるのを見て、志乃がうふっと笑った。

「何が可笑しいのですか……」

　不思議そうに千晶が見やると、志乃が振り返って、

「縁起がいい。あの鯉は、お金《きん》といって、私がこの廊下を通ると必ず挨拶をしてくれるのです。しかも吉事があるとね」

「鯉に名前があるのですか」

「そりゃそうですよ。犬や猫にでも付けるでしょ」

「やはり浮世離れしてる……和馬様とは合わないと思いますよ」

「あら、そうかしら。和馬様の方が随分と浮世離れしていると思いますけれど」

「そうですかあ……？」

「だって、わずか二百石の旗本でありながら、すべてを投げ出して人々のために尽くしてらっしゃる。自分は食うや食わずでも、困った人を助ける。これを浮世離れしていると言わずしてなんでございましょう」

「まあ、そう言われれば、そうですよね。でも私は、そういう人徳溢れるお人柄に惚

れているのです」

「私もです」

恥じらいもなく、あまりにも堂々と言う志乃の顔を見て、千晶もなんだか可笑しくなった。そして、噴き出しそうになったとき、また鯉がバシャッと跳ねた。

「あれは、お銀《ぎん》です。これまた幸先がいいですわ」

先に歩き出す志乃の後ろを、千晶は追いかけながら、「やっぱり、和馬様とは合わないと思うわ」と心の中で思った。だが、それも聞こえたかのように、

「相性がいいと思いますよ。なんなら、今度、三人で一緒にお会いしましょう」

と志乃は言った。

連れていかれた百瀬の部屋には、千晶が見たこともないような立派な調度品があって、奥女中が数人、控えていた。側室の瀧川はいなかった。

志乃は千晶を、欠けた結衣の代わりだと紹介して、百瀬に面倒を見るよう命じた。

「これは……あまりにも唐突で……どういうことでございましょうや」

百瀬は困惑したが、志乃は当然のように、

「人手不足だと思って、すぐに手配りしたのです」

「しかし、何処の誰かも……」

「身元ならば確かですよ。上様にお仕えしていた大奥女中です」

「ええッ……」

「といっても、上臈御年寄《じょうろうおとしより》とか御中臈《おちゅうろう》に仕えている者ではなく、御目見《おめみえ》以下のしかも御末《おすえ》だったから、下っ端も下っ端。上に虐められてろくに作法も学んでないようだから、きちんと教えてやりなさい。そしたら、また大奥に戻してやれるかもしれないので」

「本当でございまするか……」

百瀬が疑わしい目で見ていると、志乃は平然と、

「疑うのならば、上様にお尋ねなさい」

と言った。そのようなことができるはずがないのを承知で、志乃が煽《あお》っていることを、百瀬も分かっており、

「相分かりました。大奥に上げられるくらいに扱《しご》け……ということですね」

「あなたに任せます」

志乃は微笑を浮かべると、

「千晶……あなたは側室の子とはいえ、老中・松平出羽守《まつだいらでわのかみ》の実の娘。謙《へりくだ》ることはありませんよ。いずれ日の目を見るでしょう」

これは事実である。幕府を揺るがしかねない、ある大きな事件で分かったのだが、一度は出羽守の屋敷に入ったものの窮屈な暮らしが嫌で、元の診療所に舞い戻った。それでも武家娘として作法は少しばかり学んだから、格好だけはついていた。

「宜しく頼みましたよ」

念を押すように百瀬を見つめてから、志乃は立ち去った。

俄に緊張した千晶だが、百瀬と他の奥女中たちは如何にも訝しげに凝視している。千晶は腹を括《くく》って、その場に座ると、作法どおりに丁寧に挨拶をした。

そのとき鼻腔を刺激したのは、吉右衛門や志乃から聞いていた異様な臭いだった。

翌朝。奥向きの勝手口には、まるで市場のような賑わいが起こっていた。

何かの弾みに殺されるのではないかと思っていた千晶は、あまり眠れないでいたが、明け方はうつらうつらしていた。だが、奥女中は三人ずつ同じ部屋に眠っているにも拘《かか》わらず、誰も起こしてくれなかった。

——もう虐めが始まったのかな……。

と思いながら、洗顔もそこそこに普段着に着替えて声のする方に向かった。男の声もする。奥向きなのに不思議に感じながら向かうと、そこにはまるで出店のような感じで、ちょっとした屋台が並んでいた。

勝手口とはいっても、寺の本堂の広さくらいあり、呉服屋や草履《ぞうり》屋、小間物屋、骨董屋から茶道具屋などが店を開き、煌びやかな衣装を纏《まと》った奥女中たちが、目を輝かせて品定めをするかのように眺めていた。

華やかな紋様の着物を欲しがる者、美しい掛け軸に目がない者、珍しい茶碗や花瓶などを手に取る奥女中らが、日頃の憂さを晴らすように楽しんでいる。

千晶も娘盛りであるから、思わず身を乗り出して物色し始めた。

「これは、どういう催しなのですか？」

尋ねる千晶に、同じ年頃の瑞季《みずき》という奥女中のひとりが、

「二月《ふたつき》に一度くらい、こうして〝市《いち》〟が開かれるの。あまり高いものは憚られるけれど、欲しいものを買って下さるんです。お殿様が」

「へえ、そうなの……？」

なんという贅沢《ぜいたく》だと千晶は思ったが、籠の鳥ならば鬱憤《うっぷん》晴らしも必要であろうと察した。大奥でいえば、七ツ口に特別に許しを得た商人が入ってきて、大奥女中たちに日用品から贅沢品を売るが、それに準じたものだという。

――だったら、一橋屋敷に来た印に、何かひとつくらい買ってもらおうかな。

と千晶も目を血走らせて見ていると、百瀬が近づいてきて、不機嫌な顔で鼻息を鳴らしながら咳払いをした。

「新参者は遠慮なさい。この場にいるだけでも無粋です。奥に引っ込んでなさい」

そう命じられた千晶は、思わず深々と頭を下げて、「失礼をば致しました」と素直に引き下がったが、

「ここで見るだけですので、宜しいですか」

「駄目です」

「でも、どれもこれも珍しい物ばかりで……買って欲しいなどとは言いません。目の保養にさせて下さいまし」

嘆願する千晶の顔に悪意はなさそうに感じたのか、それとも元老中の娘で、大奥にいたことが気になったのか、

「——勝手になさい。しかし、余計なことはしないように」

と釘を刺してから、他の奥女中たちと混じって、百瀬も良さそうな物を見繕《みつくろ》っていた。もっとも、自分が欲しいのではなく、可愛がっている奥女中たちに似合いそうな物を、目利きのように勧めていたのである。

その中に、小さな香炉《こうろ》に香木《こうぼく》の粉を入れて、燃やしている商人がいた。馥郁《ふくいく》とした

匂いがゆっくりと漂い、奥女中たちの鼻腔にも心地よさげに広がっていった。

座して眺めていた千晶は、思わず腰を浮かして焚《た》かれた香炉の方に近づいて、

「これは、伽羅《きゃら》ですよね。沈香《じんこう》の最高のもの……ああ、たまらないわ」

と言うと、香を焚いていた三十絡みの男がコクリと頭を下げた。

「さすがは奥女中、よくご存じでございますな」

「いえ。かような優れた高い物がよくぞ手に入ったと思いましてね」

「お初にお目にかかります。私は香木屋『一条屋《いちじょうや》』の菊兵衛《きくべえ》と申します。茶や薬草も扱っております」

「よしなに……で、これは南蛮渡りのものではないのですか」

「はい。長崎から来るものもありますが、私どもでは、因幡《いなば》や出雲《いずも》から取り寄せるのが多《おお》ございます。あの辺りの山の中、特に大山《だいせん》には良い伽羅の木が育っているのです」

「へえ、そうでしたか……それでも、随分とお高いのでしょうねえ」

「それなりにしますが、一橋様にはお相応《ふさわ》しいと存じます」

「他にも香りや匂いを楽しむものは持参しておりませんか。例えば南蛮煙草とか……」

探るような目で尋ねる千晶を、百瀬はチラリと見やって、

「見ているだけと言うたではないか」

と制止して扇子《せんす》を顔の前に突き出した。その扇子の香りを嗅《か》ぐように、

「これは白檀《びゃくだん》でできておりますね。焚かなくても自然に良い芳《かぐわ》しい匂いが放たれますものね。さすがは百瀬様です」

「なにを持ち上げておるのじゃ。ささ、下がれ下がれ」

無理矢理、座敷の奥まで行かせてから、百瀬は香木売りの男の前に座った。

「伽羅と白檀は少しずつでよいが、茶葉と薬草はいつものを置いていっておくれ。それと漢方薬もね。近頃、どうも冷え性でね」

百瀬はそう言いながら目顔で頷くと、袱紗に包んだ〝塊《かたまり》〟を差し出した。封印小判が四個はありそうな大きさだった。もしそうなら百両という大金である。

「毎度、ありがとうございます」

深々と頭を下げて、男は香木や茶葉、漢方用の薬草などを取り分けて箱に入れ、百瀬の前に置くと、控えていた瑞季が抱えて、ゆっくりとした足取りで立ち去った。

千晶は奥の座敷に行くのを見送りながらも、さりげなく立ち上がると、瑞季が入った座敷の方へ向かった。

百瀬はその動きに気づいていたが、素知らぬ顔をしていた。すると、菊兵衛がやはり目顔で合図を送った。少し側に寄る百瀬に、

「今の新しい奥女中は何処かで見たことがあると思ってたが……たしか、深川診療所の産婆だったか骨接ぎだったか……」

「ええっ……!?　それは本当ですか」

「藪坂先生のところにも出入りしているのでね。いや、しかしアレは扱ってませんよ」

「千晶と名乗ってましたけれどね」

「ああ。たしか、そんな名前だった。まさか一橋様にご奉公するようになったとは、はは恐れ入りました」

「ふうん。そうでしたか。なるほど……」

頬が歪む百瀬は、千晶が消えた座敷の方をじっと睨んでいた。

六

両国橋西詰にある出合茶屋『青葉』の前に歩いてきた新衛門は、人目を憚らず当然

のように暖簾を潜《くぐ》った。周りは板塀で囲まれており、中を覗き見ることはできない。

それでも、懸命に塀によじ登って、中を見ようとしている女がいた——おたまである。あられもない姿で、途中まで必死に手を伸ばしていたが、ドスンと地面に落ちてしまった。

「痛い痛い……何してんだろうな、私……でも、結衣ちゃんのためだ。それに……なんだか、新衛門さんたらツレないんだもの……」

おたまは切なげに独りごちた。

実は、結衣の死を知ってから、おたまは新衛門を何度か訪ねて、心当たりはないかと訊いていたが、素っ気ない答えばかりだった。自分の許嫁《いいなずけ》が殺されたかもしれないというのに、あまりに冷たいのではないかと感じていた。

そんな態度の新衛門を見ていて、大きな不信感を抱くようになった。

——本当は結衣ちゃんのことなんか、好きでもなんでもなかったんじゃないか。『相模屋』も立派な大店だが、『京屋』とは格が違う。だから、結衣ちゃんを嫁にするのは身代が狙いだったのではないか。

と勘繰っていたのである。

仮にも惚れた男のことを、そんなふうに思うなんて、自分の方が酷《ひど》い女ではないかと苦しむほどだった。

しかし、今日も見張っていたが、結衣のことなど何事もなかったかのように過ごしているし、いくら実姉とはいえ、あまり近づきたくない出合茶屋に来るということが、どうにも釈然としなかったのである。

すると、意外にも、お倫と新衛門のふたりはすぐに出てきた。それも、人目を憚らず手を繋いだりしているし、どう見ても姉弟ではない。噂になっているとおり、男女の仲にしか見えない。

おたまは、ざわつく心のままに、ふたりを尾《つ》けた。

近くの裏路地にある、何でもない絵馬堂に来て、ふたり並んで手を合わせた。だが、何処にも行かず、そのまま人待ち顔で誰かを待っていた。時を経ずして、小走りで現れたのは、『一条屋』の菊兵衛だった。

むろん、おたまはまだ誰かは知らない。一橋屋敷に出向いていた香木屋だということなど分かりようがなかった。

「お待たせしやした……お約束のものでございやす」

年は、新衛門やお倫の方が若いが、明らかに菊兵衛の方が謙《へりくだ》って見える。

「そろそろ、勘弁してもらえますかね。姐《ねえ》さん……」

菊兵衛は腰を折りながら、袱紗に包んでいる物を手渡した。百瀬から受け取ったものである。そのとき手を滑《すべ》らせて、地面に落としてしまった。ゴツッと鈍い音がしたが、袱紗が解けて見えた中身は、封印小判だった。

――アッ。

と、おたまは目を見張ったが、声を出さずに物陰にしゃがみ込んで様子を窺った。

「ちょいと、気をつけなさいな」

お倫が蓮っ葉な言い方で注意をすると、すぐさま菊兵衛は拾い上げて、土を丁寧に払ってから改めて手渡した。

「勘弁してくれって、どういう意味だい、菊兵衛さん」

訊き返すお倫に、菊兵衛はへえこらと頭を下げて、

「なんというか……嫌な予感がするってえか……昔から、そういうのに凄く鼻が利くんですよ、あっしは」

「そういうのってのは、なんだい」

「ですから、南蛮煙草のことですよ。姐さんの頼みだから、あちこちの武家屋敷に出入りして、香木のついでに売り捌いてやしたがね……この前は、一橋のお屋敷の奥女

中が、ほら……だから、なんだか知らねえが、同心や岡っ引がうろうろしてるんだ」

「………」

「たしかに、俺は姐さんの旦那にゃ、随分と世話になりやしたが、別に親分子分の杯《さかずき》を交わしたわけでもねえし、そろそろ……でねえと本業の香木屋の方が駄目になっちまうんで。どうか、ご勘弁下せえ」

明らかに、お倫の亭主は極道者か何かだったような口振りである。昔のことを持ち出されて、仕方なく言いなりになっていたのかもしれないと、おたまは想像した。

「──そうかい……じゃ、これで縁を切るよ。ご苦労だったね。せいぜい、世の中をいい匂いにさせてやるんだね」

「へえ。恩に着やす」

深々と頭を下げて背を向けると、菊兵衛は小走りに立ち去った。見送っていたお倫はフンと小馬鹿にしたように、

「だらしがないねえ。あれで昔は、〝竜神《りゅうじん》の菊《きく》〟とか名乗って、他人様から金を脅し取ってたんだがねえ。落ちぶれたもんだ」

「ふうん……」

新衛門の方はさして関心なさそうに生返事《なまへんじ》をすると、お倫は満面の笑みになって、

「これで今日はパッと贅沢な食事でもしようじゃないか」

と抱きついた。新衛門の方もまんざらでもない顔でありながら、

「別に私は、金には困ってないがね」

「沢山あって困るものでもないでしょ。今日くらい私に奢《おご》らせておくれよ。新ちゃん、小さい時は団子の甘ダレばかり嘗《な》めててさ、とっても可愛かった。残りは私が食べてたんだよ、アハハ」

「いつの話をしてるんだい。覚えてないよ」

「そりゃ無理ないわねえ」

ふたりが仲良さげに絵馬堂から離れていくのを、おたまは見送っていたが、そそくさと立ち去った菊兵衛の方が気になっていた。どっちを追うか迷ったが、おたまは菊兵衛が立ち去った方に向かった。

大通りに出ると、菊兵衛の後ろ姿が見えた。意外と早足で歩いているが、手にしている荷袋も大きく揺れている。

菊兵衛は何軒かの大店や武家屋敷などを巡ってから、夕暮れ近くになって、神田《かんだ》明神《みょうじん》の階段の下辺りにある店に戻った。柱のところに、『香木・一条屋』という看板は出ていたが、間口二間ほどの小さな店で、客が出入りする様子はなかった。

店の中には、十二、三歳くらいの男の子がひとりでポツンといて、店番をしていた。

「お帰りなさいやし」と声をかけた男の子に、菊兵衛は、「いつもご苦労だね。ありがとうな」と小銭を渡した。小僧ではなくて、どうやら近所の長屋の子供に留守番させていたようだった。

中の様子を窺いながら、おたまが表をうろうろしていると、菊兵衛は気づいたのか自ら出てきて、

「うちに何か用かい、お姐さん」

と訝しげに呼び止めた。

「あ、はい……私は油売りのおたまと申します」

咄嗟に、本当の名前を言ってしまった。

「油売り……？　油売りのおたまかい。そりゃ洒落かなにかかい」

「本当に、おたまなんです。古くは、多賀社《たがしゃ》のお守りとして知られるお多賀杓子ってあるでしょ。霊験《れいげん》あらたかで、無病長寿《むびょうちょうじゅ》の縁起物です。それが、なまってお玉杓子になったんだって。で、めでたいから、おたまって付けられたって、お父っつぁんが」

「…………」

「蛙《かえる》の子の〝おたまじゃくし〟は、お玉杓子に似てるからなんですよ。知ってました?」

「変な女だな……用がないなら行ってくれ。もう店仕舞いだ」

菊兵衛は追っ払おうとしたが、

「いい匂い……時々、この辺りを通るんですけどね、香木屋なんてあったかなあって、ちょっと見せてもらっていいですか」

言い終わらぬうちに、おたまは店の中に入って、物色するように見廻した。

「おまえのような女には縁のない代物ばかりだ。ご身分の高い武家や大店にお届けする逸品揃いだ。さあ、帰った帰った」

「へえ。そうなんですねえ……私だって聞いたことがありますよ、白檀とか麝香《じゃこう》とか」

「いいから出ていけ」

「そんな邪険にしなくたっていいじゃないですか。私だって、お旗本のお屋敷に出入りしてますよ。高山様って小普請組の」

「ふん。話にならねえな」

「友だちは一橋様のお屋敷にご奉公してたんですよ」

おたまが言うと、エッという顔になった。

「ほら、驚いたでしょ」

「………」

「でもね、この前、死んじゃった……幼馴染みでね。お兄さんだって知ってるでしょ。日本橋『京屋』って、老舗中の老舗の呉服問屋。そこのひとり娘……幼馴染みだったんだ」

「そうなのかい……」

「一橋様のお屋敷なんぞに行かなければ、殺されることもなかったのに」

「殺される……」

「まだ分からないけどね。かもしれないって……しかも花嫁修業代わりだったのに、あんまりだわよね」

「え、ああ……そうだな……」

妙にしんみりとなる菊兵衛を、おたまはチラリと見たが、知らぬ顔で続けた。

「本当に可哀想《かわいそう》だよ……嫁ぎ先は両国の『相模屋』って油問屋。私の油もそこから卸してもらってるんだ」

驚いて、おたまを凝視している菊兵衛だが、訝しさが増してきた。油の量り売りな

ど と称しているが、岡っ引の密偵かもしれないと勘繰ったようで、表に出ると周辺を見廻してみた。

すっかり日が落ちて、暗くなっている。その闇の中から、いきなり浪人者が出てきて菊兵衛の背後から斬りかかった。店の中から見ていたおたまが思わず、

「危ない！」

と叫ぶと、菊兵衛は素早く飛び跳ねて避《よ》けた。それでも浪人は二の太刀、三の太刀を振り下ろしてくる。だが、菊兵衛は喧嘩慣れしているようで、相手の切っ先を躱《かわ》しながら逃げようとしたが、その前にも別の侍が立った。

「!?――」

菊兵衛は思わず後ずさりをしたが、侍は素早く抜刀するや、その脇を擦《す》り抜けて、浪人者に向かっていった。浪人は刀をさらに振り廻したが、カキン――ひと太刀で、刀を弾き飛ばされた。

浪人者は刀を拾いもせず、一目散に奥の裏通りの方に走って逃げた。

「大丈夫か……」

菊兵衛に声を掛けた侍は、誰あろう、和馬であった。

「なんだ、和馬様でしたか。暗くてよく見えなかったから……ああ、助かったあ」

　おたまの方が膝が崩れたように座り込んだ。和馬は菊兵衛の前に立つと、

「訊きたいことがある。御用の筋ではないが、俺は旗本。一橋様に関わることだ」

「!?──」

「今、おまえを襲った奴は明らかに殺そうとしていた。命まで狙われる訳を聞かせてもらいたい。悪いようにはせぬ」

「…………」

「一橋家の姫、志乃様からの使いが来てな。どうやら、おまえが南蛮煙草とやらを売り捌いている節がある、とのことだ」

「ち、違うッ──」

「何がどう違うのか、ハッキリさせてもらいたいのだがな。それとも、このまま番所へ行くか。古味という同心は情け容赦なく拷問をやるからなあ。石を抱かされたら痛いどころじゃないらしいぞ。向こう臑《ずね》が折れてしまう」

　脅す和馬の顔を、おたまは頼もしそうに見ていたが、どうして菊兵衛のことを嗅ぎつけてきたのかという疑念も過《よぎ》った。

七

翌朝、一橋家の奥向きでは、志乃が千晶の姿を探していた。百瀬の部屋に入るなり、志乃はきつく問い質した。

「千晶は何処にいるのです、百瀬ッ」

「それが……私どもも案じておるのですが、昨夜から姿が見えないのです」

百瀬が答えると、志乃は感情を露わにして、

「ふざけないで答えなさい。来たばかりの千晶が勝手に出ていくわけがありません」

「――志乃様……一体、何をそんなに苛立っているのです。落ち着いて下さい。千晶のことなら、私に任せるとおっしゃったではありませんか」

平然と返す百瀬だが、他の奥女中たちは志乃が睨みつけると思わず目を伏せた。明らかに何かを隠している様子だった。その中のひとり、瑞季は強ばった顔で震えている。

志乃はその様子を凝視してから、

「これは何です?」

と手にしていた桐の箱を百瀬に投げつけた。乱暴な態度に、百瀬は一瞬、険悪な目で睨み上げた。

「自分で拾って、中を見てみなさい」

険《けわ》しい口調で志乃に命じられ、百瀬は自分で拾って蓋《ふた》を開けると、中には黒っぽい乾燥煙草の葉の砕かれたものがあった。だが、百瀬は首を傾げて、

「これは、なんでございましょうか……」

「惚《とぼ》けずともよい。おまえが、菊兵衛なる香木屋に大金を払って求めたものだ」

「ええ？　一体、何の話ですか」

「ねえ、瑞季……おまえが預かって奥座敷のさらに奥にある隠し部屋の、さらに奥の隠し蔵の中に仕舞おうとしたところを、千晶に見咎められましたよね」

志乃が瑞季を睨みつけるのを、百瀬は冷静な顔で見ていた。瑞季は首を横に振りながら、「知りません」と消え入る声で答えた。

「その場で、千晶はこの箱だけを取って、すぐに私の部屋まで届けに来ました。その時、菊兵衛なる香木屋の話も聞きました。その者を私は知りませんが、百瀬……おまえとは昵懇《じっこん》のような節があるとか」

「いいえ。ただの出入りの業者でございます」

「香木を扱う者が、この南蛮煙草をおまえに密かに売っていたのであろう。この者の事は今、さるお方が調べてくれてますが、他の武家屋敷などにも出入りしていた様子。おまえは、どうして菊兵衛なる者と知り合ったのです」

「それは、瀧川様に訊いていただくのが一番良いと存じます」

「…………」

「『一条屋』なる香木屋は、一橋御門内の上屋敷に出入りしており、瀧川様の贔屓《ひいき》だったとか。それで、瀧川様が下屋敷に移ってこられてからも出入りしているのです」

「では、おまえは何も知らぬことだと……」

志乃が問い詰めても、百瀬は首を横に振りながら、

「その南蛮煙草とやらが何かは知りませんが……たしかに瀧川様は煙草を嗜好しておりますゆえ、煙管《きせる》も上等なものをお使いです」

と言った。

「さようか……その瀧川はすでに屋敷におりませぬ。上屋敷の殿のもとに呼ばれた」

「えっ……」

「この屋敷であったことを色々とお伝えするそうです。あなたも私の乳母同然の人なのですから、正直に話しなさい。千晶は何処にいるのですか」

声を強めて志乃が迫っても、百瀬は知らないとの一点張りで、終いには反抗的な目つきに変わって、

「ならば、私もお尋ねしたいです。あの千晶なる者が元老中の娘だなどというのは出《で》鱈目《たらめ》。深川診療所の産婆だそうじゃないですか。そうと知りつつ、志乃様は何故……」

「あなたたちに探りを入れるためです。漢方薬にも通じている千晶ならば、あなた方の様子から、何を吸っているか、どういう弊害があるか、すぐに分かりますからね」

「…………」

「瀧川の言いなりになっていただけ、というのは、如何にも見苦しいですよ、百瀬」

志乃はさらに険しい目つきになって、

「まさか……千晶にも手をかけたのではありますまいな。結衣のようにッ」

「えっ……な、なんてことを……！」

さしもの百瀬も動揺した物言いになって、

「志乃様は、私を人殺し扱いするのですか。長年、仕《つか》えてきた私を……」

「疑いたくはないけれど、そう思わざるを得ないことが起こっているのです。さあ、千晶はどこです」

「分かりました。殿に許しを得てますので、家臣たちを奥向きに入らせて、隅から隅まで探させます。覚悟しなさい」

おしとやかに見えて、結構な〝お転婆《てんば》〟ぶりを発揮する志乃を、百瀬はもとより、瑞季たち奥女中は恐々として見ていた。

「…………」

同じ日の昼下がり——油問屋『相模屋』の帳場で算盤《そろばん》を弾いていた新衛門が、人の気配に顔を上げると、丁度、おたまが入ってきた。異様なほど真剣な眼差しである。

煩雑な状態が終わったところなのか、出入りの業者や量り売り人らの姿はない。

「今日は遅かったじゃないか。おまえさんの分は取ってあるよ」

いつもの穏やかな表情で、新衛門が声をかけると、おたまは真顔のまま、

「お話があります。結衣ちゃんのことです」

「ああ……今、仕事中だから……」

「店ではなんですから、奥に上がらせてもらってもいいですか」

「いや、取引先の者とは……しかも娘さんとなると、どうも……」

「でしたら、『青葉』でも宜しいですよ。お姉さんがやられている出合茶屋ででも」

「えっ……」

困惑した顔になった新衛門は、店は番頭に任せて、仕方がなさそうに土間から入った所にある客間にしている小上がりに誘った。

「で……結衣のこととはなんだね」

「殺しだとハッキリしてます。正直に話して下さい。あなたが噛んでますね」

直截に訊いたおたまに、新衛門は苦笑いして、

「なんだね、唐突に。どうして、そんな話が出てくるのだね」

「関わりないのですか」

「あるわけないでしょう。仮にも結衣は私の許嫁だったんですよ。なんで私が……しょうもないことを言うんじゃないよ」

「南蛮煙草のせいじゃありませんか。阿片のような幻惑が起こるらしいですね」

おたまの言葉に、一瞬だけ頬が引き攣るが、すぐに高笑いをして、ごまかすように、

「何処をどう押せば、そういう話が出てくるんだね。おたま……私はおまえのことは多少は知ってるから、目を掛けてあげてるんだけどねえ。おふくろさんも病がちだから、元値も他の人より安くしてるし、売り上げだって後払いにしてやってる……なのに、どうして私のことを、そんなふうに……」

と言って仕事に戻ろうとした。が、おたまは押し留めて、

「抜け荷ですよ、南蛮煙草は……それを承知で、『一条屋』の菊兵衛を通して、幾つもの武家屋敷や商家に売り捌いていた」

「！……」

「もちろん買った方も悪いけれど、売った方がもっと悪い。菊兵衛さんは、すべてを話しましたよ。あなたではなく……お倫さんに命じられてやっていたと」

おたまがそう言うと、新衛門はちょっと安心したように、

「——そうだったのか……知らなかった」

「本当に……？」

「ああ。菊兵衛というのは、姉の昔馴染みらしくてな、私は関わりない。そもそも、姉といっても、ほとんど覚えてないのだ。物心つく前に、いなくなったからな」

「その話は知ってます……」

「え、そうなのか？」

不思議そうに見やる新衛門に、おたまは悲しみを帯びた目で見つめ、

「では、どうして姉弟と分かったのです？」

「あれはもう半年ほど前のことだが、うちに入ってきて、いきなり……」

と新衛門は説明を始めた。

お倫は店に入ってくるなり、抱きしめる勢いで、

『新坊だよね。面影がある。可愛らしかったもん。大きくなっても男前ですこと』

と言った。

新衛門は何事かと思ったが、お倫は同じ父親の子だと話した。実は新衛門も、妾《めかけ》に産ませた姉がいることは、父親から知らされており、母親もそれは認めていた。だが、新衛門がまだ一歳か二歳の頃に、お倫とその母親はいなくなったから、覚えているわけがない。

だが、番頭はその頃のことが記憶にあったし、お倫を見て、妾とそっくりだと話した。それに、別れる前に父親から貰っていたという〝名付け親〟の札やお守りなどを、お倫は後生大事に持っていた。

『でもねえ……新しいお父っつぁんと、おっ母さんとは上手《うま》くいかず、色々あって、私も年頃になったときには、ちょっと悪い道にはまってね。やくざ者を亭主にしちまった……だから、お父っつぁんを恨んだよ。勝手に出てったのは、おっ母さんの方だけどさ、私には憎いだけのお父っつぁんだった』

そんな恨み事を言いながらも、お倫は心底、懐かしそうに、この世でたったふたり

の姉弟だと再会を喜んだ。

新衛門の方は半信半疑だったが、金をせびりに来たわけでもなく、自分で出合茶屋を営んでいたし、たまに一緒に食事をしたり茶を飲んだりするくらいの関わりだった。

「──本当だ。それ以上の関わりはない。結衣のことだって、心から喜んでいてくれてたんだ。自分にも妹ができるってね」

「でもね……」

おたまは、菊兵衛から聞いたことを伝えた。

「お倫って女は、性悪で男をたぶらかして生きてきたような奴だ。上州《じょうしゅう》か何処かの英五郎《えいごろう》という極道者を亭主にしたけれど、お倫の方が肝が据わってて、人をたぶらかすのが上手かったらしい。だから、英五郎も尻に敷かれっぱなしで、つまらない喧嘩で命を落としたってさ」

「…………」

「でも、英五郎は切った張っただけじゃなくて、商売っけがあって、抜け荷を色々と扱ってたらしいんですよ。見つかりにくくて、高く売れる。しかも、武家屋敷の奥方やお高くとまった商家の内儀は、こっそりと楽しむらしくてね、決して世間に分からないように取り引きするから、随分と儲けになったそうだよ」

黙って聞いている新衛門の顔を見て、おたまはキッパリと言った。

「お倫さんは、あなたを利用してたんだ。両国の『相模屋』といえば、ちょっと知られた大店ですからね。あなたも、姉だという〝お墨付き〟を世間に与えてしまったから、色々な所に入り込むのに好都合だった」

「…………」

「菊兵衛さんみたいな人を何人か抱えてて、自分の手は汚さないように注意してた」

おたまは新衛門を覗き込んで、

「──知ってたんでしょ……お倫さんが、そういうことをしてたの」

「あ、いや、俺はまったく……」

「でも、私、見たんです。絵馬堂で三人で会ってたところを。菊兵衛さんが〝足を洗いたい〟って言ったのを、あなたは聞いてた。ちゃんと事情を知っている様子で」

「だからといって、私が何かしたわけじゃあるまいに」

「でもね……」

おたまはさらに寂しそうな目になって、

「結衣ちゃんは、そうは思ってなかったんだよ……」

「えっ……？」

「あの子は賢いから、何か感じたんだね。一橋家の奥向きの中にまで、阿片みたいな煙草が食い込んできていたのを」

「………」

「それが、お倫さんのせいだと知った。だから、宿下がりまでして、あなたに伝えようとした。でも、なぜか新衛門さんは、仕事を理由に会わなかった。どうしてです」

「本当に宿下がりしたことを知らなかったんだ……」

「嘘……その前にちゃんと店の手代が知らせてるはず。でも、あなたは……その日、お倫さんと〝逢い引き〟することになってた」

責める目つきになったおたまの目は、妙に艶《なま》めかしかった。

「おいおい。姉弟でそんなことするか」

「姉弟といっても、二十年も離れてたのだから、血の繋がりがあると感じなくても不思議じゃない。殊に、あんなに色っぽい、どこかとろけそうな女の人なんだから」

「──下らぬ」

吐き捨てるように新衛門は言ったが、それでもおたまは強引に続けた。

「あなたたちが〝逢い引き〟している間に、結衣ちゃんは屋敷に呼び戻された……奥女中頭にね」

「…………」

「どうしてだと思う？」

新衛門は困惑した顔で、おたまを凝視していた。

「結衣ちゃんは、あなたがお倫さんに上手く利用されていることを察して、あなたに知らせようとしたんです。でも、そのことに、お倫さんの方が先に感づいた。結衣ちゃんは賢いから、菊兵衛さんを不審に感じたのでしょう」

「…………」

「結衣ちゃんが、あなたに会って話せば、お倫さんのこれまでの悪行《あくぎょう》がすべてバレてしまう。あなたとの仲も終わりになってしまう。だから、手懐《てなず》けていた浪人者に殺させた。ご丁寧に、百瀬さんに呼び戻させる手筈まで整えてね」

「百瀬さん……？」

「一橋家の奥女中頭ですよ。もっとも、百瀬さん自身は、殺しには関わってないようですがね……お倫さんて方は、人を利用するのが上手いようですよ」

「…………」

「でも、新衛門さん……あなたも知らなかったじゃ済まされないと思いますがね。だって、結衣ちゃんは、あなたを助けようと思って、悪いことに関わるのをやめさせようとして、殺されたんだから……」

おたまが凜然と話すのを、新衛門は肩を震わせながら聞いていた。

「つまり、あなたを守るためにです」

「……………」

「ねえ、新衛門さん……結衣ちゃんのこと、本当はどう思っていたのですか……惚れて、お嫁さんにしたかったのではないのですか」

「……………」

「私も結衣ちゃんからは聞いたことはなかったけれど……きっと大好きだったんだと思う……そう思う」

消え入るように言うおたまの目には、薄っすらと涙が浮かんでいた。

八

日照《ひで》り雨の昼下がり、傘も差さずに、志乃と千晶が並んで歩いていた。まるで幼馴染みのふたり連れのように、何が楽しいのか笑いながら、手まで繋いでいる。

濡れながらも一緒に水たまりを飛び越え、また顔を見合わせて笑った。

そんな様子を、高山家の表門の外から、吉右衛門が何気なく見ていた。ふたりは近づいてきながら、

「あら、ご隠居さん。お出迎えなんてしなくて宜しいのに」

志乃が声をかけると、吉右衛門は微笑み返した。

「別に待ってませんよ。いらっしゃることは知りませんでしたし。水溜まりの水を側溝に流しているだけです。それにしても、意外なおふたりさんが仲良くどうしたのです」

「意外なって……私たちを結びつけたのは、ご隠居さんじゃないですか」

志乃が言うと、千晶も「ですよねえ」と顔を見合わせて笑った。武家娘と町娘が親しいのは結構なことだが、ここまで意気投合するとは何か良いことがあったか、その逆で共に苦労をしたのであろうと吉右衛門は思った。

「で……どうなりました?」

吉右衛門が尋ねると、志乃は当然のように、「すべて〝良《よ》きに計《はか》らえ〟で終わりました。もしかして、ご隠居さんは何もかも見抜いておりましたか?」

と逆に訊いてきた。

「でないと、南蛮煙草を扱っていた一味が、御公儀によって一網打尽《いちもうだじん》になるなんてこ

と、あり得ないじゃありませんか」

「はて、私はよく分からないが、此度《こたび》は和馬様が色々と骨を折ったらしい」

「あら、骨を折ったなら、私が手当てして差し上げなきゃ」

千晶が冗談めいて言うと、志乃は大笑いして、また顔を見合わせた。

邸内に入ると、志乃は和馬に事の顛末を伝えた。

側室の瀧川は、前々から南蛮煙草を嗜好していたことから、百瀬に命じて、菊兵衛から仕入れさせていた。この菊兵衛とは香木を通じて、瀧川はかねてより知り合いだったという。

よって、慶壽は不行跡を責めて、瀧川を追放した。言いなりになっていた百瀬にも暇を取らせ、里に帰らせた。千晶を奥の秘密部屋に捕らえていたからである。

もっとも、百瀬は、千晶が志乃を欺いて、一橋家に潜り込んだ不逞《ふてい》の輩《やから》だと思い込んでいたという。だが、その言い逃れは通じず、長年仕えた一橋家を離れざるを得なかったのである。志乃の父親である斉礼の頃から奉公してきた身の百瀬としては、瀧川の世話をしたことで、とばっちりを食ったともいえる。

「でもさ、よくよく考えたら、そんな人を側室に選んだ殿様が悪いと思わない？」

千晶が屈託のない言い方で訊くと、志乃はそのとおりだと笑った。若い娘が笑う姿

を見るのは清々《すがすが》しいものがあるが、どうやら和馬の方がなんとなく落ち着かない。その内心は百も承知の上で、

「ねえ、和馬様……私と千晶さんと、どっちをお嫁さんにして下さるのですか」

と志乃が問いかけると、和馬は一瞬、答えに窮したが、

「いや。俺はまだ嫁を貰う気はない。自分のことだけで精一杯だ。恵まれない人々や近所の子供らの面倒も見なきゃならないしな」

「それなら、私がお手伝いするわ」

千晶の方が前のめりになって言った。すると志乃がすぐに返した。

「いいえ、私の方が何かと役に立つと思いますよ。此度の事で、慶壽様も〝小姑〟の私の言いなりになりそうですので。和馬様を見習って、もっと庶民のために尽力しろってね」

「あら。そういうところに、徳川家の御紋を使うのは卑怯ですわ。志乃様と私、サシで勝負をするべきよ」

「それも一理ありますわね。でも、一対一で戦っても負けませんことよ」

「さあ、どうかしら。私これでも、殿方をとろかせる秘技を持っていますから」

「それなら私も……！」

ふたりが言い合っているのを、吉右衛門は離れて笑いながら見ていたが、和馬は「いい加減にしろ」と強く言った。

「でしたら、ふたりともお嫁さんにして下さいな」

千晶が猛然と詰め寄った。

「志乃様はお武家様ですから、旗本の和馬様のご正室になってもいいですよ。そしたら、和馬様は一橋家のご親戚になるのですから、それこそ出世できるかも。でもって、私は側室で結構です。そりゃ少しは妬《や》いてしまうかもですが、志乃様とふたりでなら、一緒に楽しく和馬様の面倒を見てあげられそうです」

「あ、それいいかもしれないですわね」

大賛成だと志乃がはしゃぐのを見やって、和馬は呆れ果て、

「お嬢様まで悪ふざけをしないで下さい。なんなのだ、ふたりは……」

と溜息をついたときである。

「こんちわあ！」

元気な声で、おたまが油桶を担いで入ってきた。大変な事件の〝探索〟をしていたことなど忘れたかのように、いつもの陽気な様子である。吉右衛門が対応に出て、

「まだ、油はあるがね……」

と言いかけると、おたまは担ぎ荷を置いてから、

「今日はそうじゃないんです……さあ、旦那、こちらへ、さあさあ」

門の外に声を掛けると、申し訳なさそうな態度で、新衛門が入ってきた。おたまは、背中をそっと押しやって、

「油問屋『相模屋』の若旦那・新衛門さんです。さあ、旦那。ちゃんとご挨拶を」

と、まるで世話女房のように言った。

吉右衛門と和馬はもちろん、志乃や千晶も事情は承知しているが、顔を合わせるのは初めてであった。新衛門の方は恐縮しているが、息を吸って背筋を伸ばすと、

「このたびは、私どものことで多大なご迷惑をおかけし、また色々なご配慮を戴き、本当に有り難うございました」

と言ってから、深々と頭を下げた。

「姉のお倫は、町奉行所のお世話になっておりますが、キチンと刑に服し、悔い改めて帰ってくれれば、私が面倒を見たいと思っております。元はといえば、親父が見捨てて……いや、それはもうよいのですが、私も薄々感づいていたのに悪事を止めることができなかったこと、忸怩《じくじ》たる思いがあるからです」

「ヨヨッ、色男！」

場違いな掛け声をかけた千晶に、新衛門はさらに申し訳なさそうになって、

「お倫も誰かにそそのかされていたことが分かり、生い立ちの苦労も鑑《かんが》みて、少しばかりはお上《かみ》のお情けもあるとのことですが、二度と皆様にはご迷惑をおかけしないことを、心から誓いたいと存じます」

と丁寧に謝《あやま》った。

吉右衛門はすべてを承知しているように頷きながら、

「まあ、終わりよければ全て良し……というわけではないが、有り難いと思うその気持ちは忘れないで欲しいですな」

と励ました。

「はい。深く反省し、そう心得ます」

「有り難いとは、難が有ると書く。難があるから得難いことを学ぶ。感謝の気持ちは、難が有って、それを乗り越えてこそ湧き出てくるものなのでしょうな。有り難や有り難や」

「ああ、そう言われれば……はい。そうでございますね」

安堵したように頷いた新衛門に、吉右衛門がおもむろに、おたまからお玉杓子を取って、桶の油を並々と掬った。

それを新衛門に握らせて、

「目一杯、酌んだので少しでも揺らせば、油を零《こぼ》してしまいますな。気をつけなされ」

「はあ……？」

「少し震えているところを見ると、油問屋の若旦那のくせに、ろくに油を扱ったことがないと見えますが……そのお玉杓子から一滴も零さないように注意しながら、そうですな……富岡八幡宮《とみおかはちまんぐう》まで行って帰ってきて下さい」

「えっ……」

「その間、どんな町か、様子を見てきて下さいまし」

吉右衛門が言っている意味が分からないが、「これができないと油問屋の若旦那と名乗ることはできませんよ」と諭《さと》され、おたまに伴われて富岡八幡宮に向かった。

油を零さないとなると、歩きも亀のようにのろいし、町の様子を見るどころではない。それでも、自分のせいで迷惑をかけたという思いから、吉右衛門の言いつけどおりにゆっくりと往復してきた。だが、あまりにもゆっくりなので、一刻以上かかった。

ようやく帰ってくると、高山家の中庭にはいつものとおり、子供たちが集まって、吉右衛門の作った握り飯や蒸かし芋などを食べながら、楽しそうに遊んでいた。

危うくぶつかりそうになったが、新衛門はなんとか堪えて、

「――ご、ご隠居……少しは零したかもしれませんが、なんとか一杯のまま帰ってくることができました」

と報告した。

隣に寄り添っているおたまも、シッカリと頷いた。

「で、どうでしたか、町は」

吉右衛門が訊くと、「え……？」と新衛門は首を傾げた。

「町を歩いたでしょ。色々な店があったと思いますがね。何処か新しいお客になりそうな所はありましたか。それに、まもなく勧進相撲《かんじんずもう》もあるから、随分と賑わっていたと思いますが」

「あ、いえ……油を零さぬようにと、お玉杓子ばかりをじっと見ながら歩いてましたので、町の様子を見るどころではありませんでした」

「でも、耳に喧噪くらい入ってきたでしょう」

「いえ、それが……まったく目にも耳にも……」

「あはは。油のことばかりが気になって、周りのことに気がいきませんでしたか」

吉右衛門が笑うと、おたまも申し訳なさそうに、

「私も、新衛門さんの手元ばかりが気になっていましたので……」

と戸惑った顔で答えた。

「では、もう一度、行って帰ってきて下さい。今度は、ちゃんと町の様子も、人々の様子なども見てきて下さいね」

まるで禅問答の遣り取りのような吉右衛門の言葉に、新衛門はゲンナリしたが、おたまに励まされて、また出かけた。

それから、また一刻ほどして、ふたりが帰ってきたときには、子供らは家に帰っているのがほとんどで、志乃と千晶の姿もなかった。

「今度はどうでしたか」

と訊くと、先ほどとは違って、少し穏やかな顔で新衛門は答えた。

「ええ。おたまの案内で賑やかな参道や町並み、富岡八幡宮の境内や立派な社殿、ついでに大横川の土手まで行って、綺麗な海まで見て参りました」

「そうですか。それは良かった。活気溢れる町でございましょ。あなたが売る油があるからこそ、みな幸せに暮らせるのです」

「はい、よく分かりました。新しい卸先も目をつけてきました。でも……」

お玉杓子を差し出して、

「ご覧のとおり、半分ほど油を零してしまいました」

「ですねえ……大切な油を勿体《もったい》ない。これじゃ駄目ですねえ」

「けれど、無理ですよ、ご隠居さん。一滴も零さないだなんて、そんな……」

困りきった新衛門はお玉杓子を持ったまま、呆然と突っ立っている。

吉右衛門は真剣なまなざしで見つめて、

「よろしいですかな……油が気になれば周りが見えず、景色を楽しめば油は零れる……でもね、油を零さずに景色を楽しむことが、人生には大切なんです」

「…………」

「景色が世間様なら、油は大切な人の心……就中《なかんずく》、自分の連れ合いのね。すぐ側にいる人の心を大切にしながら、世間様のことにも気を配って下さい」

「あっ……！」

おたまの方が声を上げた。そして、まじまじと吉右衛門の顔を見ると、まるで神仏に拝むように手を合わせた。

「そうなんですね、ご隠居さん。だから、和馬様は多くの恵まれない人々のために！」

「まあ、それはいいのですがね、和馬様は油を零してばかりですから困ります」

ニッコリと微笑む吉右衛門の姿に、赤い夕日が射してくるのを見て、新衛門とおたまは何かに打たれたように、また合掌《がっしょう》した。吉右衛門は照れくさがって、「よしなさい」と言ったが、ふざけているのか和馬も柏手《かしわで》を打ちながら拝んだ。

この先、新衛門とおたまがどうなるかは分からない。だが、不運にも死ぬことになった結衣の分まで、供養しながら生きていくと誓うふたりであった。

第二話　鬼の住む山

一

千住宿《せんじゅしゅく》の本陣に、和馬が着いたのは、粉雪が降る真夜中のことだった。本陣の役人たちが揃って待っており、宿に到着するなり、温かい湯に浸《ひた》ることができた。

「――ふう……まもなく梅の時節なのに……ああ、たまらん……」

和馬の冷えきった体に血が巡って、深い溜息が漏れた。

本陣とは、天皇の勅使や、公家《くげ》、大名、幕府旗本などの宿泊所である。旅籠《はたご》と違うのは表門や玄関、人を接待する書院があったことだ。もっとも、当世、公務の大名や旗本の往来が減ったために、時に裕福な商人などにも利用させて、赤字を回避させていた。もちろん、川留めなどで災害が起きたときには、救護所として宿泊を許した。

和馬が本陣を利用するのは、まさしく川留めが起きるような災害対策に関八州《かんはっしゅう》に出向いていたからである。

　小普請組として、これまでも江戸の災害や復興にも携わっており、人足の〝求職〟活動の世話もしていた。が、此度《こたび》は、土砂留《どしゃど》め奉行を命じられ、武蔵《むさし》、相模《さがみ》、上野《こうずけ》、下野《しもつけ》、上総《かずさ》、下総《しもうさ》、安房《あわ》、常陸《ひたち》をおよそ一月《ひとつき》かけて見廻ってきたのである。

　土砂留め奉行とは、大目付支配の役職で、天領、大名領などの垣根を越えて、水害や土砂崩れによる被災地の人民救済と復興普請を担っている。河川氾濫や土砂崩れは人が決めた〝国境〟など関わりなく起こる。ゆえに藩領同士や天領に跨《また》がったときでも、淀《よど》みなく対処できる特権が付加されていた。

　関東には荒川《あらかわ》、利根川《とねがわ》、多摩川《たまがわ》などの長くて大きな河川が流れ、その支流を含めると無限といっていいほどの豪雨や地震による災害があった。その都度《つど》、村々は自力による〝自普請〟を行っていたが、無理な場合は〝御普請〟という幕府や藩による救援が入った。

　被災地には幕府からの下付金《かふきん》という援助金が支払われる。その額や災害阻止のための土木技術や人足などの提供、場合によっては地元領主に国役《くにやく》を負担させることもあった。その判断をするために現地に向かって巡察するのだ。

和馬は慣れぬ仕事をやり遂げてきたのはいいが、途中、上野国沼田《ぬまた》藩領内において不測の事態が起きてから、ずっと何者かに付け狙われていた。何度か刀や槍を向けられたこともある。嫌なものが背中にベッタリ張り付いている感じが抜けなかった。

それゆえ、湯に浸かっている間も、誰かに見張られている気がしてならなかった。むろん、随行している御家人《ごけにん》も数人いる。土砂留め奉行職の和馬を警護しつつ、必要な助言をする普請の知識も豊富な者たちばかりである。

「大丈夫ですか、高山様……」

脱衣所から声をかけてきたのは、高橋《たかはし》という同じ小普請組で、日頃から何かと気に掛けてくれている若侍である。

「ああ。すぐに出るから、おまえたちもゆっくりと温もるといい」

「いえ、高山様は大層、お疲れでしょうから、ゆっくりと癒やして下さいませ」

丁寧な言葉遣いで言ってから、しばし高橋は引き下がった。

和馬は湯を顔にバサッと浴びせると、また深い吐息を漏らしながら、此度の長い巡察を思い返していた。決して楽な旅ではなかったから、正直、二度と御免だと思っている。

普請の手助けをするのは当たり前だが、和馬が嫌《いや》なのは、あまり大名領だの旗本領だの境のことで揉めたくないからである。領地のことならばまだいいが、大名の内輪の骨肉の争いに巻き込まれるのは、絶対に避けたかった。

　あのとき、沼田藩領内の吊り橋が切れて落下したため、川に寸断された形になった和馬は、一行とはぐれてしまった。すっかり暗くなったので、渓流沿いの竹林にあった小さな寺に、雨宿りに立ち寄ったのである。

　破《や》れ寺かと思ったが、本堂の奥に蠟燭《ろうそく》が灯っており、人がめったに来ないような所なのに気配がある。この先の山は、それこそ土砂崩れが起きており、奥の村とは寸断されている。

　——かような所に……罹災した者でも身を寄せているのであろうか。

　和馬が近づこうとすると、

「まさか！　そのようなことがあるわけがなかろうッ」

　と声を荒らげる男の声がした。

　思わず身を潜《ひそ》め、梵鐘《ぼんしょう》形の格子窓から中を覗くと、野袴《のばかま》の武士と僧侶のような頭《ず》巾《きん》を被《かぶ》った男がいた。薄暗くて年齢までは分からぬが、如何にも怪しいふたりだった。

「拙者の調べでは、間違いはございませぬ。恐ろしい陰謀が企《たく》まれております」

武士が言うと、僧侶は逆に落ち着いた様子になって、

「さようか……それが事実だとしたら、こっちも腹を括《くく》らねばならぬな」

「はい。いま一度、私も探りを入れますれば」

「そのこと、他に誰か気づいている者がおるのか」

「誰も知りませぬ」

「さようか。ならば村井《むらい》……ぬかるなよ」

「ハッ。では失礼をば致します」

と武士が背中を向けると、

「おい。忘れ物だぞ」

僧侶が声をかけた。振り返った村井なる武士の胸が、グサリと刀で突かれた。突いたのは、仏像の影に控えていた袖なし羽織姿の武芸者風の男だった。

「うっ……ど、どうして拙者が……！」

喘ぎながらも、村井は抜刀し反撃しようとして、武芸者風を凝視し、

「く……日下部《くさかべ》……お、おまえが何故……」

と斬りかかろうとする。だが、バッサリと斬られた武士は仰向けに倒れて、障子戸ごと表に転がり出た。

そこに——雨の中、和馬が慄然《りつぜん》と立っていた。

「うわっ、誰だッ！」

臆病な声になって僧侶風が吃驚《びっくり》した。和馬の方も一瞬の出来事に、驚きを隠せず、

「これは一体、何だ。おまえ、僧侶のくせに人殺しをするのかッ」

「構わぬ。何者か知らぬが、この場を見たのが運の尽き。殺してしまえ！」

悲鳴のような声を上げて、日下部と呼ばれた武芸者風に命じると、武芸者風は裂帛《れっぱく》の気合いを発するとともに和馬に斬りかかってきた。一瞬、見切って避けた和馬は、素早く抜刀して構えたが、相手は二の太刀、三の太刀を猛然と打ち付けてくる。必死に返す和馬だが、腕がしびれるほど武芸者風は馬鹿力だ。

さらに、本堂の奥にある庫裏《くり》の方から、まるで僧兵のような形《なり》の男たちが数人、飛び出してきて、長刀《なぎなた》や槍などを次々と浴びせかけてくる。しかも、いずれもかなりの手練《てだ》れである。

「待て、俺は……！」

幕府旗本で、土砂留め奉行として巡察中だと言おうとしたが、鬼のような形相の僧兵らしき者たちは問答無用で躍りかかってくる。多勢に無勢。さしもの和馬も本気で殺しにかかってきている相手に刃向かうのは無謀だった。

受け流しながら、直近まで突きかかってきた僧兵風を避けて、その腕をバッサリと斬った。ゴキッと骨が折れる鈍い音がした。

同時、悲鳴を上げた。他の者たちが一瞬、怯《ひる》んだ隙に、和馬は来た道を戻った。自分の仲間が何処かで待っているかもしれないからだ。不思議と僧兵風たちが追ってくることはなかった。

「構わぬ。どうせ、虎次郎《とらじろう》の手の者であろう。俺たちのことが誰かまでは分かってなかったようだ……今宵のうちに城下に入って、かねてより打ち合わせたとおりに、よいな」

不敵な笑みを浮かべる僧侶風と仏像が重なり、蠟燭の灯りが不気味に照らしていた。

這々《ほうほう》の体《てい》で途切れた吊り橋の方まで戻ると、その少し下流にある川漁師の小屋で、連れの高橋、小松《こまつ》、真鍋《まなべ》ら土砂留め奉行配下が数人、待っていた。松明《たいまつ》を焚いて、周辺を探していたのである。

和馬の姿を認めた高橋は安堵したように駆け寄って、

「心配しましたぞ、高山様。もしかして渓流に落ちたのではないかと案じておりました」

と半ば責めるような声で言った。他の者たちも近づいてきて、

「無茶はおやめ下さい。高山様は勝手にひとりでぶらぶらし過ぎです」

「さよう。護る立場の私たちの身にもなって下さい」

などと小役人らしい言い方をしたが、和馬の着物の返り血を見て、みんな驚いた。

「如何なさいました、これは……！」

高橋がさらに近づいて、目を凝らすと、和馬は一息ついて答えた。

「この先の破れ寺に、妙な輩《やから》がいた。僧侶の形《なり》をしていたが、いずれも屈強な剣術使いのようだった」

「え、ええっ……!?」

「そやつらの仲間か手下のようだったが、きちんとした身形《みなり》の若い侍が殺された。それを見た俺をも斬ろうとしてきたのだ」

「ま、まことですか……」

「嘘をついてどうする。とにかく下ろう。奴らは尋常ではない。もし追ってきたら、おまえたちの腕じゃ全滅だろう」

和馬の言いっぷりに高橋は不満げに、

「そんなに頼りないですか。だったら、これ以上、勝手なことはなさらないで下さ

い」

「分かった分かった。とにかく退散だ」

そのまま下流の旅籠まで戻った一行は、一息入れてから、見分《けんぶん》してきた川沿いの土砂崩れなどの状況などを書き記した。

和馬が濡れそぼった体を拭いて、火鉢で暖を取っていると、吉右衛門と千晶が入ってきた。ふたりとも心配そうに、「何があったのか」と尋ねた。和馬は吃驚《びっくり》して、

「おまえたち、先に江戸に帰っていたのではないのか」

吉右衛門は留守を近所の〝八《はっ》つぁん熊《くま》さん〟たちに任せて、主人である和馬の長旅に同行したのだ。千晶はいわば〝主治医〟として強引についてきていた。病気や怪我をしたら心配だからである。

「なんだか嫌な胸騒ぎがしたので、すぐに戻ってきたのです」

心配そうに吉右衛門が言うと、半ば呆れ顔で、

「俺は子供ではないぞ。おまえは気を遣い過ぎなのだ」

「和馬様のことではありません。街道でなんだか妙な話を聞きましたのでな、やはり沼田城を素通りすべきではなかった……と思って戻ってきたのです」

「なんだよ、俺を案じてのことじゃないのか」

「もちろん和馬様が心配です。またぞろ、余計なことに首を突っ込んで、死なれたらたまりませんからね」

　吉右衛門と千晶は顔を見合わせて頷いた。

「高橋殿らに聞きましたが、僧兵風の者に襲われたとか」

「ああ。逃げるのがやっとだった」

「実は……沼田家に陰謀あり、という風聞《ふうぶん》を耳にしたものでね。領内に怪しげな僧侶の一団が出没するとの噂も聞きました」

「そうなのか……?」

「はい。和馬様が見たその僧侶風の男の人相は分かりませぬか」

「暗くてよく見えなかった。僧兵風の男たちの面構えもまったく覚えておらぬ。ただ、殺されたのは、名は聞こえなかったが中年侍で、チラッとだけ見た。そいつを殺した奴は、たしか日下部と呼ばれていた」

「日下部……?」

　吉右衛門は心当たりがありそうな目になった。和馬はそれを見逃さず、

「なんだ、吉右衛門。何か気になることでもあるのか。沼田藩と関わりあるのか」

「――いえ……まだなんとも言えませぬが、とにかく、夜が明けるのを待って、沼田

城に赴《おもむ》こうではありませんか」

「やはり何か感づいたのだな」

「今宵は体を休めて下さい。千晶を側《そば》に置いておきますから、何かあれば……」

「えっ。私がいていいのですか」

千晶の方が急なことに驚いて、恥ずかしそうに頬に手を当てた。

「医者としてじゃ。が、他に何かあっても、私は知りません。おやすみなさい」

いつものように飄々《ひょうひょう》として、吉右衛門は部屋から出ていった。

二

上野国沼田藩三万五千石は、元々、戦国の勇者、真田《さなだ》家の居城であった。

当時の当主・真田信之《のぶゆき》は優れた領主として尊敬されており、領内の検地を断行して支配体制を築いた。かの関ヶ原《せきがはら》の合戦では、徳川家康《いえやす》の養女が妻だったことから、東軍に参加した。しかし、真田家の本城である信濃《しなの》国上田《うえだ》城の真田昌幸《まさゆき》とその次男・幸《ゆき》村《むら》は、西軍勢として戦った。豊臣《とよとみ》に恩顧があったからである。いずれが勝利しても、真田家の存続はできると計算してのことだった。

いわば本家は負けたが、信之が当主となり、沼田領に加えて、昌幸の旧領を維持し、さらに加増され九万五千石もの大名となったことは、あまりに有名である。

その後、時代は下って、公儀普請における不祥事などから改易になり、沼田は天領になったが、下総本多《ほんだ》家や常陸黒田《くろだ》家など領主が繰り返し入れ替わった。そして、駿《する》河土岐《がとき》家が入封してから、ようやく落ち着いた。美濃《みの》、尾張《おわり》、伊勢《いせ》の三国を治めていた守護大名の直系の名門。十一代藩主・土岐頼之《よりゆき》は、かの松平定信《さだのぶ》の孫である。

当代の九代藩主・土岐山城守《やましろのかみ》頼功《よりかつ》は、若くして先代を継ぎ、将軍家斉に謁見した折に、大層気に入られ、奏者番を拝命したほどである。その職に十年余り就いていたが、先頃、病《やまい》のため辞し、国元での暮らしを認められていた。

江戸暮らしが長かったが、天保《てんぽう》の大飢饉《だいききん》の折には、甚大な被害に喘いだ領民を救った名君として評されている。まだ四十前の働き盛りだが、病がちで人前に出るのも憚《はばか》られるようになっていた。

ここ沼田城は、利根川と薄根《うすね》川の合流点から丑寅《うしとら》の方角、小高い台地にある。川に面した所はすべて崖であり、戦国の世にあっては、関東の多くの大名が奪い合おうとした要塞だった。かつては五層の天守閣があったが、今は三層の櫓《やぐら》屋敷で、藩主たちが起居していた。

その一室で、藩主である土岐山城守頼功は、弟の虎次郎や国家老の友部内膳《ともべないぜん》ら藩重職らと面談していた。

弟といっても、二十歳ほど年下で、親子に見えなくもない。虎次郎は先ほどから、軽い咳《せき》が続いている山城守を心配そうに見ていた。

「お加減が良くない様子ですが、兄上にあってはくれぐれも無理をなさらぬように」

虎次郎が言うと、頼功は逆に弟に気を遣うように穏やかな顔を向けた。

頼功と虎次郎は実の兄弟ではない。先代の土岐頼潤《よりみつ》が急逝したため、信濃国飯田《いいだ》藩主の堀《ほり》家から養子にきて、藩主となったのである。その後、頼潤の実子、虎次郎が生まれた。後の、頼寧《よりやす》である。

ゆえに、本来ならば、虎次郎の方が土岐氏直系であるから、頼功が藩主を退いても、次は虎次郎が担うことになっている。年が離れている上に病弱であることから、頼功は頃合いを見計らって、隠居しようと考えていた。

だが、藩士の中からは、

「虎次郎様はまだ十八歳という若さなので、藩内のごたごたを背負わせるのは難儀であろう」

という意見が多かった。だが、逆に、

「頼潤様に似て、生まれ持って聡明で決断力のある虎次郎様の方が藩主に相応《ふさわ》しい」

などと期待する家臣も少なからずいる。特に若い藩士がそう思っていた。

主な問題は、やはり天保《てんぽう》の大飢饉の影響によるものだ。困窮対策のために俄《にわか》に里山を開拓し、新田を増やしたことで、じわじわと土砂災害が起こるようになったのだ。十分な治水対策をしないまま普請を進めたり、牧草地を放置していたツケも廻ってきた。

このような事態は沼田藩に限ったことではないが、急流の河川や山岳の多い土地ならではの課題が山積みだったのだ。戦国の世に自然の要塞だった所が、太平の世では自領の民百姓の命に関わる一大事になりかねないからだ。

「――かくなる上は……畏れながら兄上には隠居していただき、不肖《ふしょう》この私めが率先して難局を乗り越えたいと存じます」

虎次郎の目はキラキラと輝いている。一点の曇りもなく青雲の志を抱いているように見えた。若いからだが、その態度を胡散臭《うさんくさ》く見ている重職たちもいた。

たしかに、虎次郎は土岐家直系であり、優れた才覚があり、武芸の一環である鷹狩《たかが》りの折には領内を見廻り、領民とも膝をつき合わせる交わりをしていた。それゆえ、江戸在府が長く、国元に帰ってきても引き籠もりがちな頼功よりも、領民は親しみを抱いていたのである。

「そうよのう……おまえの言うとおりだ。余も年じゃ。まだ不惑《ふわく》の年にもなっておらぬゆえ、年寄りではないが、この体ですら……ゴホゴホ……思うようにいかぬのに、領民の面倒など見られぬのう」

当然のように頷く頼功に、虎次郎は凜《りん》とした態度ながら、

「気弱なことをおっしゃらないで下さい。私が藩政を担う立場になっても、兄上の援助は必ず必要です。〝大御所〟のような立場で私を支えて下さいませ」

「大御所などと畏れ多いことを言うでない」

隠居した将軍を指す言葉だからである。虎次郎はすぐに頭を深々と下げて、

「申し訳ございませぬ。ですが、私にとって兄上はお手本とすべき尊敬する御仁《ごじん》でございます。なくてはならない存在です。どうか、いつまでも側で見守っていて下さいませ」

と言うと、業を煮やしていたように国家老の友部《ともべ》がわざとらしい咳払いをして、

「これは異な事……あれほど陰では、無能な兄だ、取るに足らぬ藩主だ、このままでは藩は潰れるなどとおっしゃってますが、殿を目の前にすると随分と持ち上げまするな」

と淡々と言った。

他の重職たちは緊張した顔になったが、誰も諫められるはずがない。友部は頼功が養子として土岐家にきたときに、飯田藩から一緒にきた家老で、重職の中では最古参といってもよい。江戸屋敷にいる江戸家老よりも、藩内における権力が強かった。

虎次郎は友部の言葉など気にする様子はなく、むしろ同意したように頷いて、

「陰口に取られるのは残念ですが、兄上が江戸在府中に知らぬことも多々あり、領内の現状については、私の方が少々詳しいので、意見を述べただけでございます」

「…………」

「しかも、国家老の友部……おぬしに話したのだから陰口ではあるまい。兄上の側近中の側近ではないか。兄上の耳に入れて欲しくて、私は本当のことを言ったのです。断っておきますが、無能だとか取るに足らぬとかは、一言も言っておりませんぞ」

毅然と言い返した虎次郎を、友部は険しい目で睨みつけたが、

「おぬしこそ、兄上のことを無能だと思っているから、そう受け取ったのではないのか」

と二の句が継《つ》げぬような言い方で責めた。雰囲気が悪くなったが、頼功本人はさほど気にしている様子はなく、

「まさしく俺は無能かもしれぬ。奏者番でありながら、上様の前では緊張して、何度も舌を噛んで、虎次郎のように上手《うま》く話せなかった。それで、よく務まったものだと思うておる。ははは」

と場を和ませるように言ってから、

「ところで、村井はどうした。郡《こおり》奉行の村井真之丞《しんのじょう》の姿が見えぬが、まだか」

村井の名前を聞いて、ほんのわずかだが、虎次郎の表情が変わった。そして、末席に控えていた若侍が明らかに緊張した。

「まだ、参上仕《つかまつ》っておりませぬ」

と誰かが答えると、

「郡奉行がおらぬでは、土砂崩れの状況などがサッパリ分からぬではないかッ」

友部が叱責するように言うと、虎次郎はわずかに苦笑しながら、

「おぬしのやり方が厳し過ぎるからではないか。そうやって、すぐ怒鳴るから、見てみろ……藤九郎《とうくろう》が怖がっておる。父親の村井真之丞と違って、肝っ玉が小さい小姓《こしょう》だから、脅かすなよ」

と言って、末席の若侍を指した。小姓といっても、次期藩主の護衛官である。剣術も優れているし、虎次郎を精神的にも支えていた。

「ふん。若造めが……おまえの考えていることは、手に取るように分かるわい。虎次郎様の腰巾着殿……」

　皮肉たっぷりに友部は言ったが、窘《たしな》めることができるのは誰もいなかった。

　そこへ――。

　廊下から、家臣が駆け寄ってきて控えると、

「申し上げます。只今、城の表門に、土砂留め奉行の高山和馬なる者が参りまして、殿にお目にかかりたいとのことです」

「土砂留め奉行……？」

　友部が訝《いぶか》しげに訊き返すと、家臣は廊下に跪《ひざまず》いたまま答えた。

「はい。薄根川上流の土砂崩れについて、話をしたいと申し出ております」

「さようなことは郡奉行とやればよい。何故、殿に会わねばならぬのだ」

「その郡奉行と会うはずだったが、会えなかったので事情を聞きたいと申しております。しかも、人殺しがあったとかどうとか話しておりますし……」

「なんだ、そいつは。頭がおかしい奴ではないのか」

「いえ、一応、道中手形も差し出されましたし、相手は公儀旗本なので無下《むげ》に追い返すことができず……」

「幾らでも偽者がおるわい」

「……それに、連れの中間《ちゅうげん》らしき老人が、殿とお知り合いとかで」

「中間？　何を馬鹿なことを。土砂留め奉行を名乗る不埒者《ふらちもの》に違いあるまい。さような不逞《ふてい》の輩は捨て置け。決して城に入れるな」

にべもない言い方で、友部が命じると、家来は平身低頭で立ち去ったが、恐る恐る藤九郎が尋ねた。

「今、父と会えなかったと話していましたが、何か擦れ違いがあったのでしょうか。この場に来ておらぬのも気掛かりです」

「儂《わし》に訊かれても知らぬ」

「しかし……殿に会いたいとまで言うのは、何かあったからではないでしょうか」

「何かとは何だ」

「土砂留め奉行は、国境を跨ぐ場合でも領主に許しを得ることなく、見分が許される立場です。ですから、それを超える事態が生じたとか考えられませぬか」

「だと思うなら、まずは父親に訊いてみるがよい。たかだか公儀の下級旗本ふぜいが、殿と会うなどと……片腹痛い」

まるで自分が藩主であるかのような横柄な態度だが、頼功は何も言わず、虎次郎も仕方なく見守っているだけであった。だが、藤九郎はいたたまれない感じになって、「申し訳ございません」と言うと、虎次郎が止めるのも構わず、その場から立ち去るのであった。

「さてもさても……虎次郎様を護るべき者が勝手な真似《まね》を……許してよいのですかな。まこと、藩士の士気が下がりましょうぞ」

苦々《にがにが》しく言う友部を、虎次郎は強い目力で睨みつけていた。

三

城の表門から飛び出してきた藤九郎に、慌てた様子で若い娘が駆け寄ってくる。

「藤九郎様。何事かあったのでございましょうか」

切迫している若い娘を抱き留めて、

「佐枝《さえ》、どうした。血相を変えて……」

と藤九郎が訊くと、佐枝と呼ばれた娘は思わず、はにかんだように離れた。佐枝は藤九郎の屋敷の女中である。だが、お互い心憎からず思っており、いずれ夫婦になる約束をしていた。

「どうしたのだ」

「それが、訳が分からないのですが、数人の僧侶がお屋敷に来て、土足のまま踏み込むと傍若無人《ぼうじゃくぶじん》に中を荒らし廻ったのです」

「僧侶が荒らし廻った……？　一体、何があったのだ」

「分かりません。私は怖くて、中間の千吉《せんきち》と一緒に逃げてきました」

少し離れた所で、千吉も身を震わせている。

「とんでもねえ、坊主たちでした。いや、ありゃ坊主じゃねえ。盗賊も同然だ」

「父上は追い払わなかったのか」

藤九郎が訊くと、佐枝の方が答えた。

「旦那様は昨夜、出かけたきり帰ってきていないのです」

「父上が……」

「はい。藤九郎様は昨夜、城中でお仕事だということで、旦那様と千吉と私、三人で夕餉を取っていたのですが、いつもの晩酌はしませんでした」

「それは珍しや。で……」

「夕餉はたわいもない話で過ごしたのですが、湯にも入らず出かけようとしたのです」

佐枝が声をかけると、夜遊びを見つけられた子供のように笑って、

『なに、城にちょっとな。夜明けまでには帰るから案ずるな。はは、言っておくが夜這いではないぞ』

冗談を言って門から出ていったという。

佐枝は何か嫌な予感がしたのだが、藤九郎と仕事のことで話があるのかと思ったという。それを聞いた藤九郎は、

「もしかすると、父上の身の上に何か只ならぬことが起こったのやもしれぬ」

「ええっ……！」

「数日前のことだ。俺が下城していると、大手門のところで、父上が慌てた様子で、足早に通り過ぎようとしたのだ。慌てるというより、何やら思い詰めたような顔だった」

そのような顔はめったにしない父親なので、「父上！　父上！」と声をかけた。門番が不審がるほどだったが、それでも藤九郎に気づかず行こうとしたのだ。追いかけて、背中を叩くと、ようやく気づいた父は、

『なんだ、藤九郎か』

『どうしたのですか、父上らしくない。しかも、かような刻限に何か異変でも』

ほんの一瞬だけ、父の顔に緊張の色が走るが、いつもの笑顔に戻って、

『いずれ、おまえにも話す。その時には、俺の跡継ぎとして、手助けをしてもらわねばならぬから、心しておけ』

『何事でございますか……』

『はは。殿とのことなのでな、たとえ息子といえども話すときではない。藤九郎……頃良いときに、佐枝との祝言を挙げてやらねばな。女を待たせるものではない』

『はあ……』

父は軽く藤九郎の肩を叩くと、櫓屋敷に繋がる石段を駆け登っていった。

「──恐らく父上は、ただひとりで何かの事に当たっていたに違いない。郡奉行として、人として責任感が強かったから……」

回顧した藤九郎はそう言った。

「うちの屋敷を荒らしたという僧侶たちは、一体、何を探していたのだろう」

「分かりません。ただ日誌を探せとか、裏切り者を許すなとか、僧侶らしくない乱暴な言葉を吐いてました」

「なにより、おまえが無事でよかった。怖い目に遭わせて済まぬな」

すぐさま城下の外堀の脇にある、武家屋敷街の一角の自宅に帰った。すでに僧侶た

ちの姿はなく、部屋という部屋が荒らされていた。戸棚や書庫、押し入れの中から手当たり次第に物が投げ出され、裏の蔵まで鍵を壊して踏み込んだ形跡があった。

「なんという……」

絶句した藤九郎だが、足下に散らかっている文書からは、領内の年貢や測量、土砂崩れや氾濫河川の普請に関わる書類は持ち去られていなかったようだ。

「何が狙いだったのだ……」

藤九郎は家中を歩き廻っているうちに、倒されている仏壇を見て唖然となった。祖父母や母親の位牌が祀られていたのだが、それすら踏み折られている。如何なる者の仕業《しわざ》か見当も付かなかったが、藤九郎は怒りに震えてきた。

「──もしや……」

思い当たる節がひとつだけあった。父親はこの仏壇の裏にある隠し蔵に、時折、何かを出し入れしていたことがある。藤九郎が尋ねると、日誌だと答えてくれた。

「決して人に言うでないぞ。これは郡奉行として、殿様との秘密の命令や約定などを記したものだ」と話していたことがある。

「秘密の……」

藤九郎は床の間の奥にある柱と壁の隙間に、手先を差し入れた。小さな杭のようなものがあって、手前に引くとガガッと音がして壁が少しだけずれた。そこに、数冊の綴り本があって、たしかに藩主との交換文書のような記述がある。直近の所には、

「三月十日。奴らが恐ろしい陰謀を企んでいることは、間違いない。後は、証拠を摑むだけだ……」

と父親の筆跡で書かれている。

「恐らく首魁《しゅかい》は、あの男に違いない。奴らは殿、もしくは虎次郎様のお命を奪おうとしている模様……」

「お殿様と弟君のことをですか」

息を呑んだ佐枝に、藤九郎は小さく頷いたが、

「この首魁って一体誰なんだ……」

とさらに捲《めく》ると、

「三月十五日。酒村栄順《さかむらえいじゅん》の見張りを続ける。日下部が診察を受けに来るも、薬も受け取らずに帰る。どうやら、このふたりは陰謀に深く関わっていると見た」

「酒村栄順て、藩の御殿医の？」

「うむ。そして、日下部というのは、殿の用人、日下部雄馬《ゆうま》のことであろう」

「もしかして、前の国家老だった堀内主水亮《ほりうちもんどのすけ》様の御家臣だった……」

「ああ、そうだ。堀内様がある一件で不祥事を働いたことで、殿から追及を受け、藩から終生、追放された。本来なら、堀内様は切腹だ。それを殿は、命だけは助けたのだ。その恩恵に預かり、日下部も許されたのだ」

「そんなことが……」

「俺は藩主としての能力は、虎次郎様の方が数段上だと思っている。だが、たしかに慈悲の心は、頼功様の方があるかもしれぬ」

さらに、藤九郎が丁を捲ると、

「三月二十日……昨日だッ。酒村栄順が陰謀に加担している証拠を摑む。今宵、龍《りゅう》泉《せん》寺《じ》に出向いて、相手に罠を仕掛ける。殿も承知のこと。後は神仏のみぞ知る」

とある。

いかにも怪しげな文言が並ぶが、肝心の相手が誰か分からない。首魁なる男のことを、書き残していないのは、何か訳があるのであろうか。藤九郎は釈然としなかったが、

「やはり、昨夜、出かけたのは、このためだったのだな」

「藤九郎様……！」

「父上が帰ってこないで、僧侶たちがうちに押しかけてきたということは……」

激しい胸騒ぎがした藤九郎は、すぐに龍泉寺に向かおうとした。佐枝もついていこうとしたが、藤九郎は許さなかった。女には少々、険《けわ》しい道だし、またぞろ危ない目に遭うかもしれぬから、千吉と一緒に信頼できる武家屋敷に匿《かくま》ってもらった。

龍泉寺とは、前夜、和馬が迷い込んで殺されかけた寺である。

一方、そこには――改めて和馬が、手下を引き連れて舞い戻っていた。城には入れなかったが、そっちは吉右衛門に任せて、昨夜の殺しをいま一度、確かめなければ気が済まなかったからである。

昨夜のまま、村井と呼ばれた男は虚空《こくう》を見つめたままで絶命していた。郡奉行の村井真之丞であるが、和馬はまだ知る由もない。

「夕べの奴らは、亡骸《なきがら》を弔《とむら》いもせずに逃げたのか……様子では同じ仲間だったようだが、あまりにも惨《むご》いことを……」

和馬は感傷的になった。怪我をしてでも、せめて襲った奴らが何者かくらい突き止めておくべきだったと思った。和馬は抱き起こして傷口を検《あらた》めた。背中まで突き抜けている剣捌《けんさば》きはかなりの手練れの仕業だ。

「ふむ……」

深い溜息をついたとき、背後に気配を感じた。同時、高橋と小松たちは身構えて、近づいてくる人影を見やった。

「誰だ、貴様ら！」

声を張り上げて、躊躇することなく駆け寄ってきたのは、藤九郎であった。凜としたその若侍の顔を見て、和馬が何か言おうとすると、「アアッ！」と驚愕の顔で、「父上！　父上え！」

絶叫して村井の亡骸に抱きついた。

一瞬、何事かと戸惑った和馬たちを、藤九郎は怒りの目つきで振り返ると、素早く立ち上がって腰の刀に手を当てた。

「貴様らッ。よくも父上をこんな目に！」

「待て。これは昨夜……」

「黙れッ。一体、おまえらは誰に頼まれた。家老の友部か。それとも日下部か！」

「家老だと……どういうことだ」

「ええい。言わぬなら、俺がこの場で成敗してやる」

藤九郎が素早く刀を抜き払うと、危うく和馬は横なぎに斬られそうになった。同時に、高橋と小松も抜刀して身構えた。それでも、藤九郎に怯《ひる》む様子はなく、青眼に構え直して必殺の気迫で間合いを取った。

「父の敵《かたき》……覚悟しろッ」

目が血走る藤九郎を見て、和馬は刀を抜かないまま、

「殺したのは俺たちではない。昨夜、ここでたまたま見かけたので……」

「言い訳無用！」

「落ち着け。俺は公儀土砂留め奉行の高山和馬という者だ」

「えっ……」

「本当だ。道中手形もある」

和馬は昨夜のことを手短に伝えて、

「郡奉行の村井殿と会うはずだったが、約束の旅籠に現れなかったので、自ら土砂崩れの状況を調べようとして、この惨劇に……」

「父上を知っているのか」

「いや。この人が、おぬしの父上なのか……」

「そうだ。昨夜、あることを調べるために、屋敷を出たまま帰ってこなかった。そしたら、こんな目に……！」

と言う藤九郎に和馬は、

「どうやら、吉右衛門の勘どおり、沼田藩では何かが起こり始めているようだな」

「…………」

「朝方、城に出向いたのだが、無下に追い返された。土砂留め奉行は諸国の藩を跨げる〝天下御免〟の役職だ。事と次第では藩主にお目通りもできる。にも拘《かか》わらず、追い返された」

「で、では……あなた方が……」

それでも藤九郎は切っ先を向けたまま、朝の藩重職らの席で、土砂留め奉行を怪しい輩と決めつけ、国家老の友部が追い返せと命じたことを話した。

和馬は訝しげな顔になって、

「何があったか分からぬが、突然のこととはいえ、俺の目の前で斬られたのだ。助けることができず、申し訳ない」

和馬が素直に謝《あやま》ると、さすがに藤九郎も気を取り戻したのか、刀を鞘に戻し、

「父上をかような目に遭わせた奴らを見たのですね。どのような人相風体《にんそうふうてい》でしたか」

「暗くて顔まではよく見えなかったが、いずれも僧侶の格好をしていた」

「僧侶――！」

「思い当たる節でもあるのか」

「私の屋敷を荒らした者たちがいるのですが、それが僧侶姿だったのです」

「なんと……今し方、おぬしが言った日下部という者が、父上を殺したのだ」

「ま、まことか……!?」

「だが、命じたのは僧侶の姿をした頭目だ。いずれも手練れの武芸者で、とても僧侶とは思えなかったがな」

「――そうか……なるほど……そういうことか……」

「やはり、心当たりがあるのだな」

和馬の問いかけに、藤九郎は答えなかったが、父親の亡骸を背負うと、「御免」と言って立ち去ろうとした。

「待て。俺たちも手伝おう。もし、藩に異変があるならば、土砂留め奉行とは関わりないかもしれぬが、役に立ちたい」

「御公儀の手を煩《わずら》わせるまでもありませぬ。我が藩のことは、我々、藩士で片付けますれば……父上、この無念、必ず晴らしましょうぞ」

背中の父親の亡骸に声をかけて、藤九郎は山道を下っていった。

「――如何なさいます、高山様……私たちが首を突っ込むことではありませぬが……」

高橋は相変わらず小役人のような口振りで言ったが、和馬の心は決まっていた。

「俺たちが会うはずの郡奉行が、死体となったのだ。素知らぬ顔はできぬであろう。おまえたちには無理強《じ》いはせぬ。引き続き、土砂や氾濫があった所を調べてくれ」

と言って、和馬は藤九郎を追いかけた。

「また勝手なことを……」

高橋と小松は溜息交じりで顔を見合わせたが、仕方なくついていくのだった。

四

城下町の薄根川の河畔《かはん》に三光院《さんこういん》という古刹《こさつ》がある。その側の小さな武家屋敷に、吉右衛門と千晶が訪ねてきていた。三光院とは真田家五代目当主の信利《のぶとし》が奉納した立派な石灯籠《いしどうろう》があって、時を告げる鐘楼と並んで城下の民の誇りであった。

武家屋敷ではあるが、表門は開いており、まるで高山家のように武家町人を問わず、色々な人が出入りしていた。

実は、ここは藩の御殿医・酒村栄順の屋敷である。元々は藩士だったらしく、〝殿様先生〟などと渾名《あだな》されている。だが、お高くとまった御殿医ではなく、城下の人々のために献身的に診療しているのが手に取るように分かる。

「不躾《ぶしつけ》に突然、訪ねてきて、申し訳ありませんな。しかも初対面のお方に」


吉右衛門は微笑《ほほえ》みながら挨拶をすると、相手も穏やかな顔つきで、

「いえいえ、高山家の噂は、藪坂甚内先生からよく聞いております。江戸に出向いた折には立ち寄るのですが、しばらく足を運んでおりませぬ」


と応じた。年の頃はもう五十くらいであろうが、ドンと構えて落ち着いている。弟子たちも数人抱えているようで、診察を受けに来ている人々の姿や態度を見ても、良い医師であることが分かる。

「沼田に行ったら、必ずお目にかかりなさいと藪坂先生からも言われてましてな。この女子《おなご》は、産婆で骨接《つ》ぎ医師。藪坂先生の弟子でございます。いずれ酒村先生のように長崎に出向いて、医者になるのが夢です」


吉右衛門が紹介すると、千晶も緊張した面持ちで、宜しくと頭を下げた。

「実は、酒村先生にお頼みしたいことがありましてな」

「なんでございましょう。藪坂先生と親しいお方なのですから、私にできることであれば、なんなりと……」

「私の主人は、ご存じのとおり高山和馬という旗本ですが、今、土砂留め奉行として

関八州を巡っております」

「あ、はい……」

　土砂留め奉行と聞いて、酒村はほんの少し訝しげな目になった。

「――なにか……？」

「いえ。藪坂先生からは、小普請組と聞いていましたもので」

「ええ。公儀普請に関わることです。昨今、諸国でも河川氾濫や土砂崩れが起きており、公儀が手を差し伸べねばならぬ事案が増えてきております。和馬様は、関八州の各地を廻って、土砂留め手入れ帳に様子を書き記して公儀に渡し、下付金などの額や手直し普請の工法などを提案するのです」

「なんとも大変なお役目ですな……」

「はい。ついて廻った私の足腰もガタガタでございます」

「えっ。ご老体も一緒に歩いて……あ、これは失礼……ですが……」

「見てのとおり爺《じじ》イですからな、本当に年は取りたくないものです」

　アハハと笑ってから、吉右衛門は新田開発のみならず、ハゲ山や草山を放置したままにしていたり、樹根掘り取りという、薬草や蕨などを採ったままにしていることが、災害の原因だと告げた。もちろん、豪雨や地震による大規模な自然災害もあるが、

〝人災〟ともいえる面もなくはないと話した。

「たしかに言われてみればそうですな……私も薬草取りなどに出かけることがありますが、自生する以上に摘み取ることがあります。これからは心しておきます」

酒村は申し訳なさそうに言ったが、病を治すためであるから、「痛し痒しですな」と吉右衛門は笑いかけた。

「で……頼み事とはなんでしょうかな」

訊き返した酒村に、吉右衛門は素直に言った。

「お城の中に案内して下さりませんかのう」

「えっ……」

「何故かは知らねど、和馬様が藩主・頼功公に面談願いたいと申し出ましたが、断られてしまいましてな」

「それは……」

「無理を承知でお願いしていますのじゃ」

酒村は少し言葉を濁したが、

「実は……藩主の頼功様はあまり人と会いたがりませんのです。少し心の病もありましてな。ですので、どうしてもとおっしゃるのでしたら、家老の友部様と……」

「さようですか。ならば、友部様と会うことはできましょうか。いえ、私ではなく和馬様がでございます」

　切実な態度で訴えると、酒村はハッキリとは断らなかったが、

「――まあ、努力はしてみますが、友部様が私如きの言うことを聞くかどうか……」

「友部様とは、前の御家老・堀内主水亮様の跡を継いでいる国家老の友部内膳様でございますよね。以前は、江戸家老をしてました」

「えっ……よく知っておられますな」

「はい。頼功公が奏者番の折に、お目にかかったことがあり、江戸上屋敷に招かれたことがありましてな。ですから、どうも素通りできぬと戻ってきたのです」

　吉右衛門が淡々と言うので、酒村は不思議そうに顔を覗き込んだ。どう見てもふつうのご隠居風だが、高山家の中間と名乗っている。用人ならまだしも中間如きが、藩主や家老と会えるわけがないと、酒村は思った。

「案外、凄い人かもしれないんですよ。和馬様もご隠居でもってるんです。うふふ」

　と千晶が笑うと、酒村は明らかに警戒するような目になった。

　その時――まるで勝手知ったる家のように、ズカズカと入ってきたのは、藤九郎であった。吉右衛門はもちろん初対面だが、酒村は何事かと頬が引き攣った。

「なんだ、その面《つら》は」

若侍のくせに、いかにも乱暴な言い方に、酒村は不愉快そうに見やったが、特に文句は言わなかった。虎次郎の用人同然の小姓だと承知しているからである。

「おまえは、民百姓を大切にする名医面をしていただけか」

客の前で喧嘩を売るような藤九郎の言い方に、酒村は怒りを嚙み殺しながら、

「いきなり、なんでございますか……これでも藩主のお側に仕える御殿医です。貴殿の立場は存じ上げておりますが、さようなふるまいをされる謂われはございませぬ」

と冷ややかに言った。とたん、藤九郎は明朗な声で、

「父上が殺された」

「えっ……」

「菩提寺に亡骸を預けてきたが、酒村先生……殺したのは、あなたもよく知っている日下部だ。国家老・友部内膳の配下の者だ」

「な、なんと……どういうことでございますか」

「それは、こっちが聞きたい」

藤九郎は酒村の前に立つと、太い眉をつり上げて、

「父上が殺される直前に、日下部がこの屋敷を訪れている。そこで、おまえたちふた

りは何やら密談をしていた」

「！……み、密談など……」

「それ以外にも、頻繁におまえと会っているのは、ここに出入りしている患者たちも知っていることであろう」

責め立てるように藤九郎が言うと、酒村は言い訳めいて、

「――ご存じのように、殿の塩梅が芳《かんば》しくないので、そのことで……」

「殿の様子なら、おまえが直々、御城の御寝所にまで行って診られる立場ではないか。日下部に殺せと命じたのか」

「わ、私が……！　な、なんということを……！」

「でなければ、別の相談か」

「…………」

「俺の屋敷を、妙な僧侶集団が家探し同然に荒らし廻った。そいつらが父上を殺したことは間違いない。ハッキリと見た者がいるからだ。しかも、その中には……日下部もいた」

藤九郎は今にも摑みかからん勢いで近づき、

「その日下部に命じた奴がいる。つまり日下部は誰かの手下として動いていたという

ことだ……心当たりがあるだろう」

「先ほどから訳の分からぬことを……まるで私が何かしたかのような言い方ですが、虎次郎様に可愛がられているからといって、言っていいことと悪いことが……」

「黙れ。おまえは、虎次郎様の暗殺に加担しているのではないのか」

「暗殺……！」

「俺の父上の日誌には、何度もおまえの名が出ており、その動きも詳細に記してある。安心しろ……龍泉寺で父上が殺された夜には、おまえはこの診療所にいた。日下部に命じていたのは、誰だ」

「知りませぬ……」

「日下部を顎で使えるのは、今や国家老の友部しかおらぬ。友部は、虎次郎様のことを嫌うておる。腑抜《ふぬ》け殿様と違って、あまりに優秀なので、自分の首が危ない……とな」

藤九郎はさらに顔をつきつけて、

「さあ。すべて正直に話してスッキリしたらどうだ。おまえは友部に頼まれて、虎次郎様を毒殺でもしようと考えていたのであろう！」

と怒りの声を浴びせた。じっと我慢して聞いていた酒村も険悪な表情に変わり、

「――私は仮にも殿に仕《つか》える身ですぞ。おぬしにとっても、殿は主君ではないか。それを腑抜け殿様と言うとは、聞き捨てならぬッ」

「話を逸らすな。父の日誌が色々なことを物語っているのだ。それが不都合だったから、日下部たちは家探しをした」

さらに藤九郎は声を荒らげて、

「だが、見つけることができず、俺が持っている。おまえのことも色々と書いているが、家老に取り入るためなら、人殺しでも請け負うのだな」

「なにを馬鹿な……証拠もなく、さような乱暴な話は慎んでもらいたい」

「ならば、今すぐ、殿のところに一緒に行こうではないか、さあ。少なくとも、俺の父上は殺された。父上は殿の命《めい》を受けて、何かを探っていた節があるのだ」

「何か……とは」

「それを知りたい。是非に酒村先生と一緒に、殿に会って、日誌のことをご説明したいのだ。父上が書き残したことが出鱈目《でたらめ》なら出鱈目と公の場で話して下され」

怒りに震えながらも、藤九郎は一応、御殿医を立てるかのように言った。

その時――。

「俺も聞いてみたいな」

と声があって、和馬が入ってきた。

「あ、これは……」

酒村が驚いて見やると、和馬は真剣な眼差しで、

「いつぞや、藪坂先生のところでお目にかかりましたな」

「ご無沙汰しております……」

「立ち聞きして悪かったが、郡奉行の村井真之丞殿が殺されたところを見たのは、この俺だ」

「ええッ……」

「それだけではなく、こっちも殺されそうになった」

動揺した酒村だが、毅然と和馬を見上げていた。

「土砂留め奉行は天下御免……というのは、しつこいか。だが、相手が俺でなくても、頼功様なら会ってくれると思うがな」

「高山様でなくとも……？」

「ああ。俺の中間、吉右衛門が来たと言えばな。中間如きが城中に入るのが憚られるならば、俺の用人てことで相願おう」

和馬が有無を言わさぬ目つきで迫ると、酒村は渋々とだが頷くしかなかった。

吉右衛門も只ならぬ顔で、酒村を見つめていた。

五

その日のうちに、酒村によって沼田城に案内された和馬と吉右衛門は、まずは家老の友部と面会することとなった。

傍《かたわ》らには、藤九郎も控えている。

「ご無沙汰しておりますな、友部殿……」

吉右衛門の方から挨拶したが、友部は首を傾げて、

「はて……何処ぞで会うたかな」

「頼功様が奏者番だった頃に、江戸で一度だけ、お目にかかったことがあります」

「さようか。悪いが、覚えておらぬ」

アッサリと言うと、友部は和馬を見やって、

「そこもとが土砂留め奉行ですかな。これは若いお方だったのですな」

と歯牙《しが》にも掛けぬ言い方で、

「して、何用ですかな。ああ、領内の土砂崩れや氾濫した所を調べて、普請改めを提

案してくれるのでしたな。如何でしたかな。御公儀からの下付金なり援助金を戴けそうですかな」

「沼田藩にはこの数年で、四千両余りもの災害補助をしておりますが、それにしてはキチンと修繕されていないように思われますが」

「災害は次々と起こるものでしてな」

「天保の大飢饉では、領内に大被害を受けておりますが、頼功様がなんとか乗り越えさせましたね」

「藩士一丸となって、頑張ったお陰だと思いますぞ」

「その頃……前の国家老・堀内主水亮様が藩から追放されておりますが、何があったのでしょうか」

「――まあ、藩には藩の事情があって、他言はしとうありませぬ」

「公儀からの下付金を着服していた。そのことを頼功様が咎《とが》めて、永年追放にしたと聞いておりますが」

「えっ……一体、誰からそんな……」

驚きを隠せない友部だが、和馬は当然のように、

「土砂留め奉行は大目付支配です。諸国に見分に向かう際には、その国の事情を不祥

事も含めて仕入れて出向きます。もっとも、それを私たちが穿《えぐ》り出して咎めるというのが目的ではない。あくまでも、災害の状況を調べるためです。ですが……」

「ですが……？」

「せっかく差し出した公儀の金が無駄に使われていたとすれば、断固たる措置を取らねばなりませぬ。例えば、次からは下付金は出さない、とか」

「それは困りますッ」

慌てたように友部は言った。

「国元の自普請だけでは絶対に無理でございます。御普請がなければ、村民の暮らしがとたんに立ちゆかなくなります」

幕府は地震や津波、火山噴火、飢饉や疫病の蔓延などから、人々を防災も含めて守ってきた。幕府が中心となって、各藩や町や村、一軒一軒の家々にまで、命を救うための非常体制を構築していた。災害から領民を救うためには当然であろう。

――自然災害だから仕方がない。

ではなく、災害が繰り返されるのはなぜかということを、為政者は真剣に考えて防災する義務がある。

江戸時代において、殊《こと》に台風や水害は、他の災害よりも多かった。その理由は、生産活動が広がり、大河川の下流域での耕地開発によって、水害を受けやすくなったからである。七代将軍家継《いえつぐ》治世の正徳《しょうとく》年間、七月と八月は、大風雨によって畿内《きない》、西《さい》国《ごく》で洪水が続いた。木津川《きづがわ》や淀川《よどがわ》は複数箇所で堤が決壊し、流家数知れず、死者数千人と『月堂見聞集《げつどうけんもんしゅう》』に記されている。

八代将軍吉宗治世の享保《きょうほう》年間も、関東、関西、畿内の広域で洪水が繰り返された。特に、備中鴨方藩《びっちゅうかもかた》では、石高二万石のうち、一万六千石ほども損失し、備中松山《まつやま》藩城下も浸水した。さらに東北では五十万石の損失、江戸でも大水害が起こっている。これらは新田開発の他に、山地の材木伐採による草山化も大きく影響していた。

江戸近郊の武蔵野台《むさしのだい》で見ると、幕府の主導で自然改造の土木工事が進められた。利根川と荒川の流路を東西に変えるのがそれで、江戸を大水害から守ると同時に、広大な水田地帯を作ることができたのである。徳川家康の治世から百年かけて、水田は二倍近く広がってきたが限界になってきた。それまでの技術は、伊奈流《いなりゅう》といって、川幅を広げて河川敷や遊水池を利用して洪水を減らすものだった。吉宗の紀州流《きしゅうりゅう》というのは、逆に川幅を狭め、川の中に水防施設を作り、河川敷や遊水池を耕地として使うものだった。

しかし、耕作地が広がると、肥料の問題が生じてくる。高価な魚肥《ぎょひ》や堆肥《たいひ》の他に、伝統的な草肥《くさごえ》が使われているが、そのための草山や草原が必要になる。草山化された山々がはげ山となって土砂災害を生み、それが水田に流れ込む。生産体制が被害を生むという皮肉な状況になった。

　また、生活燃料である材木の伐採により土砂崩れを発生させる。それに対して幕府は、植林と「土砂留め」という砂防普請をしていた。寛文《かんぶん》年間には『諸国山川 掟《しよこくさんせんおきて》』という通達を出して、諸藩に土砂災害を事前に防がせたが、領地が複雑に入り混じって、土木普請を統一できない。

　そこで、広域的に普請をするために、幕府は、京都《きょうと》町奉行所と大坂《おおさか》町奉行所を管轄役所として、西国の大名を配下として、各藩の〝土砂留め奉行〟が領地を越えて巡察した。それが、この制度の最初である。

「検地帳に記された田畑であっても、土砂流出箇所ならば廃棄して植林せよ」

　という制度が功を奏して、土砂災害が激減した。兵庫《ひょうご》の武庫川《むこがわ》流域を例に取ると享保年間から宝暦《ほうれき》年間の二十年ほどで、六十数ヶ所の土砂災害地の工事がすべて完成し、「土砂留め指定解除」になったという。

　百姓たちは村単位で、飢饉に備え、火山噴火や地震、用水路の確保などをし、幕府や藩などお上《かみ》はあくまでも、お救い米や災害時の普請人足派遣など、緊急事態を支えるものだった。時の為政者は、経世済民《けいせいさいみん》の意味を考え行動していたのだ。

「私が講釈するまでもありませんな。そのための大事な金を着服した。しかも、今でも、それが繰り返されている節がある」

「まさか……」

「だからこそ私は、郡奉行の村井真之丞殿から話を聞くことになっていたのですが、公儀との約束よりも大事な要件があったようにございます」

和馬は友部の顔を覗き込んで、

「そして、村井殿は何者かに殺された……」

「殺された？」

「おや、ご存じなかったですか」

「藤九郎……どういうことだ、これは。村井は殺されたのか。なぜ先にそれを言わぬ」

驚いて言い返す友部に、藤九郎は確信を得たように頷いて、

「やはり、あなたが関わりあったのですね」

「何を言う……」

「惚《とぼ》けても無駄です。殺したのは日下部ですぞ。しかも、父の日誌には、あなたの名

前もチラホラ出てくる。到底、日下部だけでできることではない」

それでも友部は知らぬと首を振った。

「父の日誌の中に、かようなことが書かれてありました。ある夜のことです。父は、そこな酒村先生を張っておりました。すると……」

酒村は何やら薬を必死に調合していた。医者だから当然であろう。やがて完成したのか、満足そうに頷くと、幾つかの袋に分けてから、残りは徳利酒の中に入れて混ぜた。

それを酒村は、河原で物乞い同然に暮らしている者たちのところに持っていった。

『今日は酒を持ってきてやったぞ。たまには憂さ晴らしもせんとな。病にかかったら、いつでも私の所に来なさい』

慈悲深い顔で徳利を渡すと、酒村はそそくさと立ち去った。嫌な予感がした村井が、すぐにその者たちの元に向かうと、すでに気の早い男が飲んで死んでいた。あまりの劇薬だったのである。

「その直後、私の父は、酒村先生……あなたに何を飲ませたのかと追及しましたね。だが、あなたは案の定、知らぬ存ぜぬ。たしかに酒は恵んでやったが、死んだのは元々患《わずら》っていた病のせいだろうと、ご丁寧に死体の検分までしてみせた」

「…………」

「あなたが調合していたのは、劇薬ですね。それを物乞いの男で確かめた。いや、それ以前に、患者の中でも試していたかもしれない。急に亡くなった人もいますからね」

「人は不測の事態で……医者でも助けられぬこともある。それに日誌などというのは、幾らでも嘘偽りを書ける」

淡々と言う酒村に、藤九郎は感情を露わにして、

「白々しいッ……問題は、あなたがその毒を誰に使おうとしているかだ」

「おぬしは鼻っ柱が強いが、あまり事を荒立てると、虎次郎様にもご迷惑がかかることになるぞ」

横合いから友部が、酒村を庇うように言った。

「ああ、なるほど……狙いは虎次郎様か」

藤九郎は確信したように、友部を睨みつけながら、

「殿は友部様……あなた方の言いなりになるが、虎次郎様は反発ばかりしている。いえ、まっとうなことを訴えてる。高山様が話した土砂留めについてもそうだ。金の流れに不審な点があるので追及したところ、前の国家老・堀内様が不正に懐《ふところ》している

疑いが出た。それで、殿が断罪したのですからね」

「………」

「そのせいで、お零《こぼ》れを貰っていた友部様……あなたも困ってしまった。違いますか」

「ふん。何をいい加減なことを。よいか、藤九郎。私はずっと頼功様の側でお仕えしている者だ。堀内様の罪を明らかにして、追放したのもこの私だ。分かっておるのか」

友部は毅然と言ってのけ、藤九郎に対して、強い口調で断言した。

「よいか、藤九郎。父上のことは残念だが、真相を暴くために力を貸そうではないか。仮にも郡奉行が殺されたとなれば、家老として黙って見過ごすわけには参らぬゆえな」

「あなたの御家来の日下部が殺したと聞いてもですか」

「それも誤解だ。おまえは、どうやら訳の分からぬ輩に騙《だま》されているようだな」

フンと鼻で笑った友部は、おもむろに立ち上がると、同時に、十数人の家来たちが廊下や控えの間から襖を開けて乗り込んできた。その先頭にいるのは、日下部であった。そのいかつい顔で、わざとらしく叫んだ。

「あっ、おまえは！」

その顔を見て腰を浮かした和馬に、日下部の方が先に野太い声を発した。

「こやつですッ。あの夜、龍泉寺で村井を殺したのは！」

友部はなるほどと頷いて、

「おまえたちこそ何が狙いだ。土砂留め奉行などと偽って、押し込みでも働くつもりであったか。残念ながら、土岐一族はさようななまくら者でない。こやつらを引っ捕らえろ。逆らえば斬れ！」

と鋭い顔になって命じた。すぐさま家臣たちが抜刀して、ずらりと取り囲んだ。和馬と吉右衛門、そして藤九郎も登城の際に、刀を預けていた。

それでも和馬と藤九郎は腕に覚えありとばかりに、戦おうとしたが、

「生きていてこその物種。ここは大人しくしておいた方が、よろしゅうございますよ。この家臣たちの腕前はかなりのものです。和馬様でも難しいと思われますぞ。さすがは上州、江戸の千葉《ちば》道場を凌駕するほど、馬庭念流《まにわねんりゅう》を嗜《たしな》んだ者が多ござるな」

と吉右衛門は淡々と言った。

友部は吉右衛門の顔をじっと睨んでいたものの、あえて何も言わなかった。

六

「なに……酒村が毒薬を……！」

驚いた虎次郎は、目の前にいる佐枝と千晶にもう一度、訊き返した。

「まことか、酒村が俺の命を狙って毒薬を作っていたというのはッ」

虎次郎は時に城から勝手に出て、城下を歩き廻っていた。自由な身の上だからできるが、次期藩主かもしれぬ立場ゆえ、藩重職たちは心配していた。

殊に、藤九郎とは年が近いせいか兄弟のように接していたから、主従の垣根を越えて、親しくしていた。そのことを快く思っていない家臣がいたのは確かだが、藩主の頼功も病がちなのを理由に隠居し、藩政は虎次郎に任せたいというのは本心のようだ。

「しかも、酒村先生は、その毒薬を使って、人をひとり殺したかもしれません」

「なんと……！」

「そのことで、酒村先生とともに城に上がったのですが、暮れてもまだ帰ってこないのです。それが心配で……」

佐枝が言うと、千晶も同行した和馬のことも心配だと伝えた。まさか酒村が悪事を働く医者とは、千晶も思ってもみなかった。

「でも、虎次郎様、村井様の日誌はここに……」

大きな桐箱に入れてあるのを、佐枝は手渡した。虎次郎は受け取って捲りながら、

「——村井……よくぞ、ここまで調べてくれた……直ちに城に戻って、俺が直々、問い詰めてやる。おまえたちは、身を隠しておれ。朗報を待つがよい」

と言って、村井の屋敷から飛び出していった。

すでに辺りは真っ暗になっており、城へ戻る道々には、辻《つじ》灯籠に灯をつけている番人がいた。その前を通り過ぎようとすると、ふいに覆面の侍が数人、飛び出してきた。

「——何者だッ……と訊いても無駄だな。どうせ友部の手の者か」

「…………」

「返事をせぬということは図星だな。覆面をしても無駄だ。おまえは日下部であろう」

相手の手の甲を指さして、

「その手首の傷は俺との剣術稽古で怪我をしたものであろう。隠すほど現れるといってな、おまえたちの悪事はもう終《しま》いだ」

問答無用で斬りかかる覆面の侍たちを、寸前に見切って避けると、背後からも数人

が躍りかかってきた。石灯籠の灯をつけていた番人も敵の手の者だったのだ。

「!?――おまえたち、俺が怒ると本当に斬るぞ。命を落とすぞ。そこまでして俺を斬りたい理由は何だッ」

まだ刀を抜かないまま訊いた虎次郎に、覆面の侍こと日下部が言った。

「殿のご命令です。あなたは邪魔だとな」

「出鱈目を言うな。兄上は……」

「あなたのことなど弟と思っておらぬ。頼功公は堀家の出身、今更、土岐家に戻すつもりなどさらさらないのだ」

「嘘だ。兄上はいつも、本来は土岐家こそが沼田の当主たるべきと話しておる。しかも俺は先代藩主の実子だ。後を託すと常々、言い聞かせられている」

「さような心積もりはない。自分の立場を弁《わきま》えぬあなたのことを、殿は疎《うと》んじている。それも分からぬほど鈍感なのか」

「黙れッ」

「お覚悟めされい！」

日下部が斬りかかるのへ、抜き合わせて立ち向かう虎次郎だが、さらに他の者たちも襲いかかる。殺到する覆面の侍たちと必死に斬り結ぶ虎次郎の腕前は、さすがに日頃からの、鍛錬の賜《たまもの》か、相手の腕や肘《ひじ》、膝などを斬り払い、戦闘意欲を捨てさせた。

それでも、日下部も怯む様子はなく、必殺の気迫を込めて斬りかかった。仮にも藩主の弟に対して、何のためらいもない。

「死ねい！」

振り下ろした刀を、虎次郎は懸命に受けたが、桁違いの腕力の日下部が重くのしかかってくる。膝が崩れた虎次郎に、他の手の者が斬りかかろうとしたとき、

――シュッ。

と小柄《こづか》が飛来して、その首に命中した。

「待て待て！　人殺しめが、断じて、許さぬぞ！」

声を張り上げて駆けつけてきたのは、高橋と小松、真鍋らだった。

一瞬、驚いた日下部の力が緩んだ。その隙に、虎次郎は日下部の刀を弾き飛ばした。

さらに斬りつけようとした。が、日下部はわずかに左腕を斬られただけで、瞬《また》く間に逃げ出した。他の者たちも散り散りに逃げた。

「大丈夫でございまするか」

高橋が声をかけると、虎次郎は不思議そうな顔をしながらも、

「助太刀、かたじけない。おぬしらは」

「土砂留め奉行一行の者でございます。高山和馬様に命じられて、少々、事情を探っておりましたが、今の奴らは、国家老の友部様のお屋敷から出てきていたのです」

「ふむ。やはりな。友部が操っていたというわけか。兄上のせいにして俺を……」

「ですが、友部様の裏には、まだ何者かがおるようでございます」

「なに、まことか。誰なのだ、それは」

「僧侶の姿をしておりますが……どうやら、前の国家老・堀内主水亮様と思われます」

「堀内……そんな馬鹿な」

「私たちが、そやつを捕らえますので、顔を確かめてみれば如何でしょうか。高山様がお城に捕らえられた節がありますれば、なんとしてもお力添えを願いたくお願い申し上げます」

「もしそれが事実ならば、何故だ……やはり追放された恨みか……」

虎次郎は怒りの形相になって、

「気をつけろよ。奴も馬庭念流の使い手ゆえな」

と注意を促して城へ駆けていくのだった。

一方——日下部が血濡れた腕を押さえながら駆け込んできたのは、三光院であった。

その庫裏《くり》の一室に、僧侶頭巾姿の男がいた。

傍らには、酒村が神妙な面持ちで控えている。

「馬鹿者めが。仕留め損ねたなどと、おめおめとよく逃げてこられたものだな」

頭巾姿の男は扇子《せんす》を、目の前に控える日下部に投げつけた。

「面目ございませぬ」

「おまえは失態続きだな。このままでは、折角の深慮遠謀《しんりょえんぼう》も水の泡ではないか」

「しかし、村井を殺したところを見た奴は、逆に下手人《げしゅにん》として城中に捕らえております。奴が如何なる言い訳をしようとも、友部様が断罪致しますでしょう」

「楽観できぬぞ。奴は公儀旗本らしいではないか」

「だからこそ、村井殺しの下手人として始末すれば何の面倒もありますまい。所詮は下級旗本。郡奉行と諍《いさか》いが起こったことにすれば、宜しいかと」

「いや。今、そのような騒ぎが起こるのはまずい。我らの狙いはあくまでも、藩の実権を取り返すこと。そのためには、頼功ではなく、虎次郎を亡き者にしなくてはならぬ」

「ではございますが、捨て置けば余計に厄介なことに……虎次郎は何か気づいたようにございますれば」

「おい、日下部……自分の不始末を棚に上げて、儂に説教か」

ジロリと睨みつける僧侶姿に、日下部は息を呑んで、

「表高の割には貧しかった沼田藩を、豊かにしてきたのは誰だと思うておるのだ」

「もちろん、堀内様でございます……」

日下部は僧侶姿を卑屈なほどの目で見上げた。

「儂が推奨した新田開発と江戸に送る材木の伐採のお陰で藩は潤い、領民は飢えずに済んだ。頼功のお陰でもなければ、鼻っ柱が強いだけの虎次郎でもない」

「百も承知しております」

「新田開発と材木伐採によって災害が大きくなったとシタリ顔で言う輩もおるが、崩れた所で誰かひとりでも死んだか。放っておいても自然に崩れ、流される土地だ」

「はい……」

「その災害が起こっても、領民に負担をかけぬため、御普請を誘致したのは、儂の采配があってのことではないか。頼功など奏者番面をしていただけで、何もしておらぬではないか」

「…………」

「友部と同じだ。あやつは頼功の腰巾着に過ぎぬ。虎次郎が藩主になることに、恐々としているだけだ。だが、儂は違う……沼田藩のために公儀と直談判し、何千両もの下付金を出させてきたではないか。その一部を頂戴して何が悪い」

堀内は当然のように言い放った。

「儂のお陰で、誰もがいい目をみてきたはずだ。にも拘わらず、抜き取った金のことで、虎次郎が鬼の首を取ったように騒ぎおって、みんなして儂を裏切り者扱いして、吊し上げにした」

「…………」

「だが、おまえだけはずっと儂と連絡を取り、きたるべき日の算段までつけた。あと一歩で、またぞろ儂らが藩を思いどおりにできる。そのためには、虎次郎は不要。腑抜け同然の頼功が藩主でいた方がよいのだ」

「はい。おっしゃるとおりでございます。されど、頼功様は病がちにて、万が一、亡くなるようなことがあれば跡継ぎが……」

「おる。目当ての者はすでに用意しているからな……だが、まずは目の前の難儀な奴らを始末するだけだ。そうであろう、酒村……」

酒村は返事に窮《きゅう》してしまった。

「もはや毒殺の機会は逸した……つまり、おまえの用もなくなったというわけだ」

「そ、そんな……！」

息を呑んで、酒村は命乞いをするような目で見上げたが、堀内は冷ややかに、

「おまえとて、儂からの金の流れがあったからこそ、やりたい医療ができたのではないのか。貧しい藩ではろくな薬も仕入れることができまいに」

「おっしゃるとおりでございます……」

「まだ儂の役に立ちたいのであれば、禍根は断っておかねばな」

と吐き捨てるように言うのであった。

七

櫓屋敷の大廊下を、虎次郎はズンズンと歩いていた。家臣たちが数人、出てきて、藩主の御座之間に行くのを阻むように、

「虎次郎様。ここから先は、ご家老のお許しがないと入ってはなりませぬ」

「決まりをお守り下さいませ。家臣に示しがつきませぬぞ」

「その先は殿の奥向きになります。どうか、どうか、お控え下さいませ」

などと騒々しく手を開いて止めるのを、虎次郎は蹴散らしながら進んでいった。

別の廊下から来た友部が、険しい口調で、

「虎次郎殿。ご乱心召されたかッ」

と声をかけた。それでも虎次郎は無視をして先に行こうとすると、友部と側近たちが槍を抱えて出てきた。

「これ以上の無理無体をなさいますと、押籠《おしこめ》に致しますぞ」

押籠とは、本来、藩主に対する家臣たちの強制的な制裁である。家臣が藩主の刀を取り上げ、座敷牢に何ヶ月も監禁して、改悛の情を見せるまで見張るというものだ。

もっとも、これは暴君などに行う最終手段である。

「片腹痛いわ、友部。押籠どころか、俺を暗殺する陰謀に加担してるではないか」

「なにを……」

「ええい。どけい！　でないと、おまえとて容赦せぬぞ！」

手にしていた刀を抜き払おうとしたときである。

「殿中での刃傷沙汰は御法度。御公儀から改易にされてしまいますぞ」

と声があって、廊下の片隅から姿を現したのは、吉右衛門であった。その後ろには、和馬と藤九郎の姿もある。

「!?——おまえたち、どうして……!」

驚愕する友部に、吉右衛門はいつもの平然とした態度で、

「牢部屋から抜け出したとおっしゃりたいのですかな。それなら、虎次郎様が開けて下さいました。城の外に逃げろと言われたのですが、血相を変えて本殿に向かったので、気が気でなくなり、追ってきました」

「馬鹿か、おまえたちは……」

「そうかもしれませぬなあ。私には一文にもならぬことですから。でも、和馬様もそうですが、理不尽なことを目の当たりにしたら、ちょいと文句のひとつも垂れたくなりましてな。はは、悪い癖です」

人を食ったような言い方に、友部は配下に向かって、いま一度引っ捕らえろと命じたが、二度は御免だとばかりに、和馬と藤九郎が前に踏み出た。

さらに、虎次郎が険しい顔になって、

「そこをどけい！　まさか兄上に危害を加えているのではあるまいなッ」

と怒鳴ると、スッと奥の襖が開いて、床に就いていたのか、寝間着姿に丹前のようなものを掛けただけの頼功が姿を現した。

「聞こえておったぞ、友部……通してやれ。余に用事があるのであろう」

「いや、しかし……」

友部は規則は曲げられぬと言い張り、

「しかも、郡奉行の村井を殺した下手人までが、かようなふるまいを！」

と申し述べると、虎次郎が近づきながら、

「兄上ッ。こやつらは裏切り者です。兄上と村井が交わしていた日誌は、ここにあります。これこそが真実でしょう、兄上！」

「なんと、どういうことじゃ……」

村井が何者かに殺されていたということすら、藩主の耳に入れられていなかったようだ。その場にいる物騒な形《なり》の家臣たちを見て、

「何をしておるのだ。おまえたちはッ」

「ですから、村井を殺した奴が牢抜けをしたので成敗を……」

と友部が言いかけたとき、頼功が一歩二歩と踏み出て、吉右衛門の顔を見るなり、

「あっ……ああ！」

病がちな人間とは思えぬほどの声を張り上げた。そして、その場に座り込むと、吉右衛門に向かって「ハハア」と頭を下げた。

その態度に驚いた友部は、思わず下がって藩主を真似て座った。すると他の家臣た

ちも慌てて同じことをしたが、虎次郎や藤九郎はキョトンとして見ている。

「兄上……これは一体……」

「控えろ、虎次郎。この御仁は畏れ多くも……」

言いかける頼功に、吉右衛門は、

「頼功様。言わぬが花というものでしょう」

とニコリと微笑みかけた。

「それよりも、私は初対面でしたが、虎次郎殿はなかなかご立派な弟君。そして、村井殿のご子息、藤九郎殿も若いながら気骨があって優れてますな。頼功様はかような家臣たちに囲まれて、果報者でございするなあ」

呆気に取られている友部を横目に、頼功は腰を低めたまま、

「かような姿で申し訳ございませぬ。むさ苦しい所ですが、どうぞ奥座敷に参って下さいませ。まさか、城中に訪問下さっていたとは露知らず、ご無礼をば致しました。懐かしい話もございます。ささ、どうぞ」

と下にも置かぬ態度で、奥座敷に招いた。友部もついていこうとしたが、頼功が来るなと拒否した。

——もしかしたら、これは芝居で、頼功は何か企んでいるのではないか……。

と友部は勘繰った顔になったが、もはや何も言えなかった。

奥座敷では、上座に座らせようとする頼功に、自分はここでよいと下座に座り、虎次郎や藤九郎を上座に上げた。和馬は自ら、土砂留め奉行だと名乗ると、頼功は今更ながら驚いて、友部が偽者だと断じて城へ入れなかったことを悔いた。

頼功は吉右衛門たちに危ない目に遭わせたと平謝りだった。だが、吉右衛門はまったく気にする様子はなく、

「それよりも、頼功様の身の上が心配です。病がちなのを利用して、悪さを企《くわだ》てている獅子身中《しししんちゅう》の虫《むし》がいるようですぞ」

「あ、ええ……」

「牢部屋に入れられたお陰で、改めて藤九郎殿から、先の国家老・堀内主水亮殿のことなども含め、色々と話を聞かせてもらいましたが……頼功様、あなたご自身も何か異変を感づいていらした。だからこそ、村井さんをして探らせていたのですね」

吉右衛門の問いかけに、頼功はガックリと両肩を落として、

「まさか村井が殺されたとは……」

思ってもみなかったと悲痛に泣きそうになった。

「しかも、殺したのは日下部です。私は今すぐにでも、父上の仇《かたき》を討ちたいくらいで

す」

　藤九郎が拳を握りしめるのを、頼功は申し訳なさそうに見やって、

「済まぬ。藤九郎。余が殺したも等しいのう……村井はかねてより、友部や日下部の動きが妙だと気づいていた。郡奉行だからこそ分かったことであろうが、公儀からの御普請の金が合わぬと察していた。せっかく、堀内を追放したのに、同じようなことを誰かがやっている。友部が怪しいと睨んだ村井は、あえて友部の味方になった振りをして、その掌中に入っていったのだ」

「…………」

「てっきり、余を亡き者にしようと考えているのだろうと思っていたが、さにあらず……虎次郎の命まで狙っている節があると感づいた村井は、まだ背後に誰かいると察して、それを燻《いぶ》り出すために、日下部に取り入り、その相手に近づいた……」

「それが、どうやら前の国家老・堀内であることが判明しました」

　との虎次郎の言葉に、頼功は愕然となって、まだ事の次第を十分に摑みきれていない様子だった。

「兄上。村井は罠を仕掛けて、ボロを出させようとしたのですが、相手の方が一枚上手だったというわけです」

虎次郎が悔しそうに言うと、頼功はやはり釈然としないまま、

「しかし、あやつは永《なが》追放した身……今更、戻ってきて何ができようぞ」

「できますまい。私がいれば」

「おまえがいれば……」

「はい。ですから、まずは私を殺そうと、御殿医の酒村が虎視眈々《こしたんたん》と狙っていたのです。一番の邪魔者は私のようですから」

憤懣やるかたない口調で虎次郎が言ったとき、いきなり襖が開いて、僧侶が数人入ってきた。堀内とその手下であることは、和馬や虎次郎、藤九郎は承知している。

「三光院に立ち寄っている、越後《えちご》・智徳寺《ちとくじ》の僧侶、月照《げっしょう》でございます」

堀内は出鱈目な名を告げたが、すぐに頼功も声や風体に覚えがあり、

「貴様……堀内。何をしに帰ってきた」

「ご覧のとおり私は出家し、自分の罪を悔い改めて参りました。あの折、私は殿に何も言い訳をせず裁断を受けましたが、恩顧ある沼田のことが気になり、その後も調べておりました……私がいなくなっても、御普請金は横領され続けた。つまり、私が為したことではなく……友部がやっていたことなのです」

「な、なんと……！」

頼功は危うく信じそうになったが、虎次郎が「出鱈目を言うな」と怒声を上げた。

だが、堀内は虎次郎のことを無視し、

「殿……残念ながら、虎次郎殿も加担している節があります。だからこそ、私を悪者にして追っ払いたかった。なぜならば……一日でも早く、土岐家の直系に藩主を戻したかったからです」

「兄上、今更、かような奴の言うことなど……」

「私は、藩主の頼功公と話しております。よろしいですか、殿……殿の御加減を心配しており、万が一のときには、堀家の貞恒《さだつね》様を藩主に迎えるが宜しいと、私は話をつけてきております」

「なんと、貞恒……」

「殿にとっては甥御《おいご》様に当たりますが、堀家の流れを繋げるためには、貞恒様もまだ十五の年でありながら、是非に殿の力添えになりたいとのことです」

当たり前のように白々しく話す堀内に、虎次郎は「貴様ッ」と嚙みつこうとしたが、吉右衛門が止めた。

「三光院の住職なら私もよく知っておりますが、沼田に立ち寄ったとき、あなたのような僧侶の話はしてませなんだがな」

「どなたですかな、ご老体は……」

「それに、堀家の貞恒様なら、今は江戸屋敷におるはずですが、そこで会われたのですかな、あなたは」

「さよう。私もかつての役儀にて、江戸には多少縁がありましたのでな」

「あ、間違えた。貞恒様ならば、信州《しんしゅう》飯田に生まれてからこの方、国から出たことはありませぬ。大事な分家の跡取り故、沼田の跡取りには出さぬと思いますよ。して、何時何処で、貞恒様にお目にかかって、そのようなお約束をしたのですかな」

人を嘗《な》めたような言い方の吉右衛門に、堀内はわずかに苛《いら》ついて、

「どなたか存じ上げぬが、当藩に関わりなきお方には……」

「関わりあるぞ」

と言ったのは、頼功であった。堀内は訝しげに目を細めたが、

「三光院に立ち寄ったのであれば、この御仁にも会うてるはずだがな」

「えっ……」

「古来より、この沼田の地を守り続けてくれておる、十一面観音様だ」

「!? ──」

「その後も、二頭の白馬とともに、沼田の安寧秩序を司《つかさど》ってくれている御本尊様だ

ぞ」

「………」

「しかと見るがよい。十一面観音様は一間を超える高さもある立派な秘仏だが、私たち為政者やおまえも折に触れて拝顔したことがあろう」

「………」

「苦しんでいる人をすぐに見つけるために頭の上に十一の顔があり、全ての方向を見守っているのだ。そのお顔は人々を宥めたり励ますが、ときには怒ってもくれる。そして、おまえのように、修羅道に迷う者さえ救う」

そう言われた堀内は、まじまじと吉右衛門の顔を見ているうちに、

「あ……ああ……！」

思わず怯んで後ずさりした。

「た、たしかに……似ている……そ、そっくりだ……」

「信心深い僧侶でも、畏れ多くて近づけまい。のう堀内、すべての嘘偽りを正直に話し、いま一度、藩を立ち去れ。私は慈悲深いのではない。殺生が嫌いなだけだ」

「………」

「さあ。出ていくがよい。そして、二度とこの地に足を踏み入れるな」

頼功が言うと、堀内はいきなり噴き出すように笑い出した。

「なにが十一面観音様だ……ただのクソ爺イではないか。くたばれ！」

いきなり腰の小太刀を抜いて斬りつけようとした、その背後にいた僧侶姿たちのうちふたりが、堀内を羽交い締めにして床に打ち倒した。

「な、何をする……！」

狼狽する堀内に、頼功は真顔で言った。

「仲間の偽僧侶も、十一面観音様を拝して、心が洗われたのではないかな」

「放せ！　おまえら、ただでは済まさぬぞ！」

抗《あらが》う堀内を引きずって廊下に出すのは、僧侶の姿はしていたが、高橋と小松であった。チラリと和馬に目配せをしてから、その場から堀内を退散させた。

その後——。

頼功の慈悲により、再び堀内は追放になっただけであった。だが、旅の途中、自ら切腹したといわれている。

むろん、このことがあってから、頼功は正式に虎次郎に藩主を譲った。吉右衛門に似ているといわれる十一面観音像はその後も沼田の土地を見守り続けたという。

人と水との戦いは、稲作をし始めた時代からの宿命である。関東甲信越《こうしんえつ》に前代未聞の甚大な被害をもたらした「寛保《かんぽう》江戸大洪水」をはじめ、利根川や荒川流域の幾つもの災害は、こうした土砂留め奉行の日頃の積み重ねによって、最小の被害で済んだ。ひとりたりとも犠牲を出さないという思いが、幕府にはあったからである。

この災害を利用してまで私腹を肥やそうとする輩に、吉右衛門はほとほと呆れ返っていた。だが、虎次郎たちに感謝され、江戸に向かう和馬ら一行には、爽やかな笑顔が溢れていた。

第三話　八卦良《はっけよ》い

一

本殿前の紅白の梅が鮮やかに咲いており、何処かで鶯《うぐいす》の鳴き声も聞こえる。これが境内を取り囲む桜が満開に変わる頃には、今年も勧進相撲で盛り上がることであろう。

ここ富岡八幡宮外れの小さな長屋は、日当たりも水はけも悪く、いつもぬかるんでいるので、高下駄《たかげた》でも履いていないと歩くのも難儀なほどだった。

北町奉行所の定町廻り同心・古味覚三郎と岡っ引の熊公が、ある両替商に押し込んだと思われる男を探しに来ていた。店の者が賊のひとりの風貌を覚えていたのだ。それが、この長屋の住人で、玄五郎《げんごろう》という元大工だった。元というのは、数年前に建前《たてまえ》の家から転落して頭を打ち、手足が不自由になって働けなくなったからだ。

軒や縁側、棚などちょっとした仕事をして手間賃は貰っているが、暮らしぶりは悪く、女房の縫い物の内職で暮らしているようなものだった。とはいえ、ろくな収入ではないから、借金をせざるを得なかったのである。

この長屋は、似たような生活苦の者ばかりで、いわば世間から見捨てられた人の吹きだまりみたいなものだった。

「やってねえよ。俺ア、知らねえ。貧乏人だからって、泥棒扱いするな！」

怒鳴って座り込む玄五郎の体を、熊公の太い腕がむんずと摑み、

「言いたいことがありゃ、番屋に来てから聞いてやる。大人しくしな」

「放しやがれッ。俺はやってねえって言ってるだろうがよ！」

「これ以上、逆らうと痛い目に遭ってもらわなきゃならねえぞ、おいッ」

ぐいっと腕を捻《ね》じあげたとき、背後から声がした。

「乱暴なことしやがるなあ、近頃の十手《じって》持ちは」

振り返ると、いかにも遊び人風の強面《こわもて》の男がふたり、木戸口から歩いてくる。いずれも目尻や頰に刃物傷があって、体も熊公に負けぬくらいでかく、幾多の修羅場を潜《くぐ》ってきたような顔つきだ。足下が悪いせいで、泥が着物に跳ねるのが嫌なのか、裾を

捲っている。片方は懐《ふところ》に手を入れているが、匕首《あいくち》でも摑んでいるのであろうか。

「なんだ、おまえたちは」

古味が睨みつけると、遊び人の兄貴分らしき方の万七《まんしち》が、

「旦那方の御用とは関わりありやせん。そいつを何処へなりと連れてってもらって結構でやす。あっしらが用があるのは……おい」

と弟分の伸助《しんすけ》に向かって顎をしゃくると、今引きずり出されたばかりの玄五郎の部屋に入って、乱暴な口調で、

「約束の金が返せねえなら、子供《がき》を貰っていくぜ。いいなッ」

と中にいる女房のお百合《ゆり》に向かって言った。

「勘弁して下さい。それだけは、あの子だけは、どうか、ご勘弁を……」

細い腕で、必死に縋《すが》るように言うお百合に、伸助は部屋を見廻しながら、

「何処にいるんだ。てめえ、まさか逃がしやがったんじゃねえだろうな。半端なことしやがると、只じゃ済まさねえぞ」

と怒鳴った。余りにも恐い顔と声に、お百合は引きつけを起こしたように、喉《のど》を鳴らしながら目を剝いて、その場に座り込んだ。

思わず古味が乗り込んで、お百合の背中を撫でてやりながら、

「おい、よしな。女房は、亭主が盗みの疑いでお縄になるってだけで、心の臓が止まりそうなんだ。おまえらは、何だってこんな乱暴をしやがるんだ」

「乱暴が聞いて呆れる。そっちこそ、問答無用じゃねえですか」

「訳を言え。子供を貰っていくとは、聞き捨てならねえな」

「そういう約束なんですよ」

　万七が懐に入れていた手をサッと抜き出すと、借用証文が握られていた。

「利子を入れて十両二分の金が返ってこないんですよ。こっちは約束の日から、もう一月《ひとつき》余り待ってやってたんだ」

「こいつが借金を……」

　熊公は縄で縛りつけながら、玄五郎を責めるように言った。

「てめえ、その金欲しさに盗みに入りやがったな。こりゃ、大きな証拠になるな」

「ち、違う……ほんとに俺ア……盗みになんざ入ってねえ……」

「まだ言いやがるかッ」

　思わずぶん殴ろうとした熊公を、万七の方が、「よしなよ」とその腕を摑んだ。意外と怪力である。熊公は一瞬、万七を見やったがサッと振り払うと、

「てめえらのお陰で、こいつは盗みをし、女衒《ぜげん》まがいに子供を連れてこうってのか。

そいつは御定法破《ごじょうほう》りだ。借金のことはともかく、人買いは許すわけにはいかねえな」

と胸を突きつけるように迫った。

「誰が女衒だって？　早とちりしちゃ困るじゃねえか」

万七は鼻で笑って、

「こちとら、その玄五郎の借金を立て替えてやったんだ。だから、盗みに入ったってえ両替商には借金はないはずだ」

「なに……？」

熊公は頭の中が少し混乱した。

「じゃ、こいつはなんで、押し込みなんかしたんだ？」

「知るかよ。それとも、そいつが言うとおり、何もしてねえんじゃねえか。別の誰かがやったのかもしれねえな」

「……どういうことだ」

古味が訊くのへ、万七がうっすら笑みを浮かべながら答えた。

「あっしらはね、旦那。立て替えた金の代わりに、子供を預かるだけなんだ。誤解しなさんなよ、この夫婦の子供ってなあ、娘じゃねえぜ……あいつだ」

万七が指さすと、長屋の奥にある厠《かわや》でクソでもしていたのか、晴れ晴れとした顔で出てきて、両手を挙げながら、「ああーッ」と伸びをした。これまた熊公に負けないくらいの大きな子供である。

「いや、子供じゃねえな……」

首を傾げた熊公に、万七が、

「あれで、十四だ。まだまだ、でかくなるだろうな、ありゃ」

と惚れ惚れした目で眺めていると、その子は大人でも手が届かないような木の実を取って、無造作に口に入れた。

「おい、木偶《でく》の坊《ぼう》」

伸助が声をかけると、木偶の坊と呼ばれたその子は、

「竹三《たけぞう》って名前があるんだ。なんだ、その木偶の坊ってな」

と返してきた。すると、万七は苦笑を浮かべながら古味を振り向き、

「見てのとおり、頭もちょいとのろい。こいつを借金の形《かた》に預かろうってだけだ。質屋じゃねえから、流すこともできないが、大切に預かって大きく育ててやろうってんだから、感謝されこそすれ、親に泣かれる筋合いはありやせん、へえ」

仁義を切るような仕草で、お百合に証文を手渡してから、伸助とともに、竹三を両脇から抱えた。大きな体とはいえ、万七と伸助に比べれば体は細いし、喧嘩をすれば

負けそうだ。

「一体、おまえたちは……」

行く手を遮るように立つ古味に、万七は余裕の笑みで、

「文句があるなら、黒船町《くろふねちょう》の龍紋寺《りゅうもんじ》半蔵《はんぞう》という親方まで話をつけに来て下さいやし。あっしらは使いっ走りに過ぎねえんで」

「龍紋寺……？」

「親分さん、ご存じなんですかい」

「知ってるも何も……昔、世話になったことがある」

「そういや、親分さんも立派な体だ。相撲をやってたんですかい」

「まあな……」

「だったら話が早い。こいつは上物になりますぜ」

と万七は言うと、伸助とともに竹三を連れ去った。

玄五郎もお百合も諦めたように追いかけようともしなかった。ただ、仏に祈るように手を合わせて、息子の背中を拝んでいた。もっとも竹三当人は、親に別れを惜しむでもなく、涙を流すでもなく、水たまりで泳いだり跳ねたりしている雨蛙《あまがえる》を掬《すく》うと、しばらく掌《てのひら》の中で愛おしそうに弄《もてあそ》んでいた。

「――龍紋寺の半蔵……」

古味は首を傾げたが、熊公は俄《にわか》に表情が曇った。

「知ってるのか、熊公」

「へえ、ちょいとばかり……近頃、あちこちで名を聞くようになった興行師ですよ」

「興行師……」

「両国橋西詰や下谷広小路《したやひろこうじ》、浅草《あさくさ》から富岡八幡宮などの賑やかな所で見世物小屋を開いたり、神社で宮地芝居《みやち》をしたり、たまに勧進相撲の興行なんかにも手を貸してやす。が……」

「が、なんだ」

「あまり評判はよくありません。こっちの方の話じゃ、かなりの食わせ者だってね」

と熊公は親指と人差し指で輪を作ってみせた。

「そうかい……此度《こたび》の一件に関わりがあるかどうか分からないが、ちょいと調べてみてくれ。借金の肩代わりで息子を連れていくなんざ、どう見ても胡散臭《うさんくさ》いではないか」

「あっしが？」

「勧進相撲なら、おまえも十両までいった関取なんだから、その筋から調べてみな」

「へえ……そういたしやす……」

熊公は返事をしたものの、なぜか気乗りのしない感じであった。

二

富岡八幡宮の参道には商家がずらりと並び、一筋入った大横川沿いは、米俵を運ぶ大八車や船着場に集まる荷船の人足、出入りの米問屋や金貸しなどの商人でごった返していた。

それとは対照的に、八幡様の反対側には、先日の雨のせいでぬかるんだ空き地が広がっている。火除《ひよ》け地《ち》として作られている所だが、近頃、空き地を取り囲むように、三尺ほどの杭《くい》が突き立てられて縄張りがされている。『立入ること厳に禁ず』と書かれた木札もあちこちにあった。

そこに——。

旗本の高山和馬が地元の町名主らに引き連れられてきたのは、雨上がりの、梅の季節とは思えぬ蒸し暑い昼下がりであった。じっとしているだけで、胸や背中がべっとりしてきて、足にも着物がまとわりつく。

「ここでございますよ、高山様」

同じ菊川町の町名主で、会所頭《がしら》もしている松左衛門《しょうざえもん》は手を引くように、和馬を〝立入禁止〟の札の前に連れてきて、忌々《いまいま》しげに、

「見て下さいな。ここは御公儀、就中《なかんずく》、小普請組によって決められた火除け地ですよね。それを、立ち入るなと縄を張るなんて、どういうことですか。一体、誰がこんなことをしているのか、ご説明を願えますか」

この一帯は、数年前の大火事の後、奥行き二十間のうち表通りの十二間を削って、火除け地に召し上げられたのだった。富岡八幡宮参道に繋がる繁華な界隈は、万が一、火災に見舞われれば、火除け地が使えないと大ごとである。

「この木札を立てた奴は、龍紋寺半蔵という興行師だというので、何度か話をしに行ったのですが、町奉行所から興行のために借りているのだから、文句を言われる筋合いはないときたもんだ。ここは近在の住人たちの火除け地だ。こんな無法があっていいものですかね」

憤懣やるかたない言い方で、松左衛門が事情を述べると、他の町名主たちも同感だと怒りを露わにした。

「そうか、町奉行から……」

和馬は曖昧な返事をした。実のところ、南北のいずれの町奉行からも、この事案については何も報されていなかった。旗本の中でも、小普請組の高山家は、新たな土地利用などについて、ある程度の権限があった。ゆえに、事実を確認してから善処すると言ったが、町名主たちは、

「暢気《のんき》に構えられては困る。急を要する」

というのだ。

「見て下さいよ、あれを」

空き地の真ん中あたりに、何やら家屋でも建てるかのような基礎固めをしている。借り主が興行師であるから、芝居小屋か見世物小屋でも造るのかと話していたところ、

「それならば、私がお話ししますよ」

と長めの黒っぽい羽織姿に、煙管《きせる》を口にした中年の町人がやってきた。小柄だが、がっちりとした体つきで、顔は岩石のように四角く、大きな目は人を威圧する光に満ちていた。

「あんたは？」

和馬が訊くと、男は煙管を吹かして、

「龍紋寺半蔵という者です。町名主の皆々様とは、何度かお目にかかりましたが、今

度はお旗本まで引っ張り出しましたか」

「俺のことを知ってるのか」

「そりゃもう……若いのに、人一倍正義感が強くて一筋縄にはいかぬと、もっぱらの評判ですから……特に疚《やま》しいことを企《たく》んでいる連中にはね」

皮肉っぽい言い方で、また煙草《たばこ》の煙をふうっと吐くと、和馬のことを嘗めるように顔から足下まで見た。

「なるほど、立派な御仁《ごじん》との噂だけあって物腰は只者ではありませぬな」

「これは畏《おそ》れ入った」

和馬もわざと丁重に頭を下げて、

「で、どうして、この火除け地を、半蔵さんとやら、おめえさんが勝手に縄張りをつけたりしているのだ」

「勝手と言われましたが、北町奉行の遠山左衛門《とおやまさえもんの》尉《じょう》様にお許しを戴いております」

「遠山様に……はて、俺は何も聞いてないが、事情を話してくれぬか」

「もちろん、そのつもりです。立ち話もなんですから、一杯やりながらどうです」

松左衛門は腹立ち紛れに、

「真っ昼間から、いいご身分なもんだな」

と乱暴な口調で言ったが、半蔵はくすりと笑っただけで、

「皆様もどうです。お酒じゃありません。蕎麦《そば》を一杯……ですよ」

近くにある蕎麦屋に誘った。蘊蓄《うんちく》を語りながら店の暖簾《のれん》を潜《くぐ》ると、昼飯時は終わっていたせいか、がらがらだった。

顔馴染みなのか、適当な煮物や揚げ物をみつくろって、蕎麦を注文してから、半蔵は奥の小上がりに座った。和馬たちもぞろぞろと尾《つ》いていった。

「遠山様が許しを出してくれたのは、かの場所で、相撲を興行するためです」

「相撲……」

「はい。あの縄張りの中に造っているのは、相撲櫓《やぐら》と土俵《どひょう》ですわ。別に変なものを建てるわけじゃないし、興行が終われば取り払うから、余計な心配はいりません」

「だが、相撲というのは、勧進相撲……神社の境内などで執り行うのではないか？」

「ですな」

「勧進元は町人かもしれないが、幕府の許しを得て、寺社奉行の差配のもと興行をすることになっているはずだ。言うまでもないが、勧進とは寺社の建立や修繕、地震や火事の災害への支援や病《やまい》で困っている人を助けるためのものだ。芝居や見せ物とは違うと思うのだがな」

「おっしゃるとおりです。ですが、寺社奉行には許しを得られませんでした。これまでも奉納相撲や神事相撲をやってきた、富岡八幡宮はもとより、芝神明《しばしんめい》、浅草大護院《だいごいん》、市ケ谷《いちがや》八幡なんぞにも見事に断られました。それならば、町場を借りるしかないとね。とはいえ、両国橋西詰だの下谷広小路には、それこそ縄張りがあって、私らは入り込めません」

「だから、火除け地を狙ったと」

「ま、そういうことです。ただし、地代として沽券《こけん》に見合うほどのものとして、収益の半分をお奉行所に払わねばなりません。これは、藪坂甚内先生の深川診療所の維持などに使われるそうで、遠山様もなかなか結構な算盤《そろばん》を弾きます」

和馬は自分に話が通っていないことよりも、〝勧進〟に似た手法で金集めをするということに、卑しさを感じた。半蔵が体から醸し出している得体の知れない不気味さも相まって、

——何処かに嘘がある。

と感じたのだ。言葉は丁寧でも、誠実さに欠ける雰囲気を目の当たりにして、神社たちが毛嫌いしていたことも、和馬は納得ができた。しかし、人を見かけで判断してはならぬというのも真理である。きちんと見極めることができるまで、付き合ってみ

なければならぬなとも思った。

「おや。若《わか》でしたか。聞き覚えのある声だと思いました」

衝立《ついたて》の向こうからひょっこりと吉右衛門が顔を出した。

「なんだ、おまえ、ひとりか……」

「はい。私もそちらに混ぜてもらっていいですか。なんだか勧進相撲の話のようなので、耳がとんがってたんです」

半蔵は不思議そうに見やったが、

「うちの中間《ちゅうげん》だ。構わぬだろ」

と和馬が手招きすると、吉右衛門は「失礼をば」と並んで座った。

「本当に中間ですか……なかなかの貫禄でございますな。ご隠居さん……」

運ばれてきた蕎麦を啜りながら、半蔵は続けた。

「私はね、高山様……相撲は神事にかこつけて、甘っちょろいことをしてたら、いけないと思うんですわ」

「甘っちょろい？」

「そうじゃありませんか。力士たちは大概《たいがい》が武家に雇われて、いや囲われて、いいご身分で暮らしだって安泰です。大名の方も強くて有名な関取を抱えれば御家の名誉だとばかりに、金に糸目を付けずに集める。そして、年に何度かの勧進相撲で、自慢をしあうのが習わしのようですが、なんだか変だと思いませんか」

「たしかに、相撲はスクネ、クエハヤの〝力比べ〟から始まったが、神事であり、武術のひとつでもある。剣術や槍術、弓術、馬術などとともに競い合うのは、武門として当たり前だと思うがな」

「だったら本気でやりませんか」

「充分、本気でやっているはずだが……何が言いたいのだ、半蔵は」

相手の顔を覗き込むように和馬が問いかけると、半蔵は薄笑みを返して、

「高山様がおっしゃるとおり、力比べから始まったものです。でも、今や能楽などの芸事と同じではありませぬか」

と言うと、ズズッと蕎麦の汁を飛ばしてから、吉右衛門が言った。

「能楽は武術でもありますぞ」

半蔵は飛び散った汁を手ぬぐいで拭きながら、

「で……でも、誰かと戦うことはありませぬ。相撲が相手を倒す武術というのならば、決してただの見せ物に甘んじてはならない。男と男のぶつかり合う勝負が肝心要《かなめ》なんです」

「ズズ……ですな……そもそも、〝すもう〟とは、争うことという意味です。相撲という文字も、〝相撲《あいう》つ〟ということです。角力《かくりよく》だって、〝力比べ〟という言葉ですからな、それに相応《ふさわ》しいことをしてこそ、観ている者たちも腹の底から、熱いものがたぎって、喜ぶんじゃありませんかね。もっとも……江戸の人々は、いや、上方の人たちでも、本当の相撲の楽しみをまだ味わっていませんがね」

奉納相撲としての〝相撲節《すまいのせち》〟は奈良《なら》時代から始まって四百年を超えて続き、一度は衰退したものの、鎌倉《かまくら》幕府を樹立した源《みなもとの》頼朝《よりとも》から、織田《お だ》信長《のぶなが》など戦国武将まで、競馬《くらべうま》、流鏑馬《やぶさめ》とともに武士たちに武術として引き継がれた。一方で、藤原《ふじわら》氏の摂関家であった二条《にじよう》家などが中心となって、公家《く げ》たちが〝相撲節〟として営んでいた。

いわゆる勧進相撲が始まったのは、応永《おうえい》二十六年（一四一九）、京《きよう》の伏見《ふしみ》の法安寺《ほうあんじ》造営のために執り行ってからだといわれている。これを機に相撲も、猿楽《さるがく》のように幕府に許可を得て、営業目的で興行することになったのである。そして、雷《いかずち》、稲妻《いなづま》、辻《つじ》嵐《あらし》などという人気力士が現れて、京の都から地方に巡業することにもなった。

勧進相撲は、発祥の地である京や上方の商業の中心地である大坂《おおさか》などでは盛んに行われたが、江戸で興行されるのは、寛永《かんえい》元年（一六二四）に四谷《よつや》の笹寺《ささでら》で起こるのを待たねばならない。

しかし、まだ戦国の気風が残っていたのか、浪人などが市中で暴れることが多かったから、慶安《けいあん》元年（一六四八）に、幕府は〝勧進相撲禁止令〟を出した。その四十年ほど後、貞享《ていきょう》年間になって、ようやく寺社奉行の支配の下で、相撲興行が許された。雷権太夫《ごんだゆう》というのが初の「年寄《としより》」となって、富岡八幡宮で行われた。

とはいえ、天保の今でも、江戸はまだまだ相撲の〝後進地〟である。多くの神社の境内で行われていたものの、江戸では強い花形力士は登場しなかった。

「おまえたち、なんで、そんなに知ったかぶり自慢してるんだ」

和馬は、吉右衛門と半蔵の顔を見比べた。

「相撲が好きなだけですよ」

半蔵はまた吉右衛門の飛び散った汁を拭きながら、

「だから、沢山の強くて格好いい力士を育てて、この百万の人々でごった返している江戸を沸かせたいのです」

百万の人々を沸かせるとは大きく出たものだ。大法螺《おおぼら》を吹いて、集められるだけ金を集めてトンズラをこく〝騙り師《かたりし》〟ではないかと、和馬は思った。あまり人を疑うということをしない和馬だが、幾ら話を聞いても胡散臭《うさんくさ》さを払拭することはできなかった。

「ま、今日のところは、おまえの話を聞いたということで、明日にでもお奉行と今後の対策を練ることにする。火除け地は、火事など何か大きな災害があったときに使うべきで、興行中に異変でもあったら大ごとになる」

「若いのに、存外、心配性ですなあ」

上目遣いで和馬を見る半蔵の顔は、意地悪そうに見えた。

「相撲興行をするとしても、それなりの場所に土俵を築くべきで、どうしてもとなったら、神社寺院などには、俺が掛け合おう。江戸市中の神社仏閣の普請には沢山、関わっておるゆえな」

「ありがたい。高山様にそう言われたら、大船に乗ったも同じですな。ご自分でお約束したこと、忘れないで下さいませよ」

何が嬉しいのか、半蔵はさらに下品な音を立てながら、蕎麦を啜り上げた。今度は、半蔵の方が吉右衛門に汁を飛ばした。

「アッ！　かなり飛んできましたぞッ」

吉右衛門が顰《しか》め面になると、

「わざとやったでしょ。仕返しに」

「これは失敬致しました」

半蔵は愛想笑いをしたが、目の奥からはギラついた光が眩しいくらい発していた。

三

黒船町は永代寺《えいたいじ》領で大横川に面しており、いずれも富岡八幡宮に近いために賑やかな所で、料理屋、待合、船宿などが並んでいる。ここら辺りで一杯ひっかけて岡場所に繰り出す旦那衆も多かった。

半蔵の屋敷は、川岸にある地蔵堂《じぞうどう》の側《そば》にあった。屋敷は旅籠を改築したもので、だだっ広いが、上方勧進相撲の関取や武家抱えの力士を泊めることになるかもしれないし、興行地にする富岡八幡宮の火除け地も目と鼻の先だから、丁度よかった。

熊公が十手を羽織に隠して、地蔵堂の前に立ったのは、その日の夕暮れだった。目の前の半蔵の屋敷には、商家のように暖簾がかかっていて、『勧進相撲頭取・龍紋寺』と染め抜かれている。

官許の勧進相撲は、宮方《みやかた》と呼ばれる勧進元、寄方《よりかた》、行司《ぎょうじ》によって運営され、七日間の興行がされる。この頭取とは、江戸でいう年寄のことで、相撲が盛んだった大坂や京では、この暖簾はちょっとした風格と重みがあった。

「ごめんなすって。頭取はいるかい」

熊公が暖簾を潜ると、今朝方、富岡八幡宮近くの長屋に来ていた万七が顔を出した。

「なんでえ、あんたかい」

「ご挨拶だな。ちょいと改めて聞きたいことがあるんで、半蔵さんを出してくれねえかな」

「出せとは、また無礼な言い草だね。こっちは、まっとうな興行師だ。十手持ちだからって、咎人《とがにん》扱いされちゃ敵《かな》わんな」

「そう突っ張るところを見ると、疚《やま》しいことのひとつやふたつあるんだろう。とにかく、会わせろや」

「口の利き方に気をつけた方がいいぜ。俺はいいんだが、頭取のためならって、気の短いのも多いからよ」

奥から、体つきのガッシリとした力士らしき若い衆が三人ばかり顔を出した。

「そういう渡世人面《づら》をしてるから、お上は〝辻相撲〟ですら禁じてんだ。やくざ者とつるんで悪さをしたり喧嘩をするのは、いい加減にやめたらどうでえ」

「俺たちが何をしたってんだ、ええ！」

「こちとら人を見たら泥棒と思うのが商売でな。さあ、とっとと親方とやらを呼びやがれ、このやろうッ」

熊公も大概、気が短い。腕っ節に自信があるからだが、相手もそれなりに鍛えている。万七がズイと出ると、若い衆もぞろぞろと上がり框《かまち》の所まで集まってきた。

「やろうってのか、上等でえ！」

若い衆のひとりが怒鳴ったとき、暖簾を割って、半蔵が帰ってきた。

「なんだね、騒々しいねえ……」

制しながら、ちらりと熊公を見て、

「入門したいのなら、まずは紹介状を見せておくんなさい。誰でも面倒見ているわけじゃないんでね。それに、ちょいと年を食ってるようだが……」

と半蔵は言った。

熊公はその顔を凝視していたが、懐かしそうな、それでいて厄介なものに出くわしたような表情になって、

「やっぱり、あんただったか、大勝山《おおかちやま》さん」

「なに……？」

改めて、まじまじと熊公の顔を見上げた半蔵は俄に親戚にでも会ったように、目尻を下げて微笑《ほほえ》んだが、

「熊公ですよ、熊公」


「惚《とぼ》けないで下さいよ。分かってるでやしょ。熊公ですよ、熊公」

「ああ……あの木偶の坊かい」

朝、長屋で連れていった子供のことも、木偶の坊と呼んでいたのを思い出した。

「辻相撲じゃ、あんたに負けたことはねえよ。大勝山って四股名《しこな》にしちゃ、勝ち星が少なかったがね。もっとも、その頃は、大勝山さんは引退間際だったから仕方がありやせんがね」

「そうだったっけねえ。おまえに勝ったことはないかねえ」

「俺はあれから鍛錬研磨を重ねて、勧進相撲の十両まで上がりやしたよ。もっとも、狭い江戸の〝宮地芝居〟のような取り組みでしたがね。俺なりに頑張りましたが、膝を痛めちまって」

「よくある話だ。で、今は、何をしてるんだい」

「へえ、こんなものを預かってやす」

と十手を見せて、

「相撲が縁で、こんなものを戴いて、今は古味覚三郎様という北町の定町廻り同心の下で御用聞きをしてやす」

「そりゃ運がよかった。やくざ者にならずに済んで、よかったな」

「どういう意味で？」

「手に負えないくらい、乱暴だった奴だと思い出したからよ。三度の飯より喧嘩が好きだったよなあ」

「お陰様で、その腕の振るいどころがありやす。けど、大勝山……いや、半蔵さんが、勧進相撲の頭取になっていたとは、思ってもみやせんでした。ネコババした金でも返しに来たんですかい？」

「なんだと……」

万七や若い衆たちの方が、俄にいきり立った。

「おや、知らなかったのかい。この半蔵親方は、相撲じゃなかなか勝てなくなったから、世話になっていた青雲楼《せいうんろう》親方の手文庫から、三十両ばかり拝借して、姿を晦《くら》ましたんだ」

「…………」

「そこには、必ず出世払いをしますから、貸しておいて下さいと文を残していたが、親方はカンカンでな……どうせ博打《ばくち》の借金で首が廻らなくなったんだろうって。だが、それから音沙汰なしだ。親方は……誰かに殺されてとうに死んでしまったが……江戸に来たのなら、まずは墓参りくらいしたらどうだい」

　熊公がどっしりとした声で勧めると、万七は冷ややかに、

「何を言うのだ。おまえさん、誰かと間違えてるのと違うかい？　親方に不義理をしたことなんかないぞ」

「嘘はいかんな……親方の娘さんにも手を出して、スッタモンダがあったじゃないか」

「知らんな」

「おい。惚けるのも大概にしやがれ！　親方が殺されたと聞いて、何とも思わないのか、てめえは！」

　思わず熊公が声を荒らげると、万七が摑みかかろうとした。だが、半蔵は止めて、

「あんたも十手持ちになったのなら、人を咎めるときには、きちんと証拠なり何なりを用意してくるものだ。悪いが昔話をしているほど暇でもないのでな、お引き取り下さいまし」

　わざとらしく丁寧に言って背中を向けた半蔵に、熊公は迫った。

「だったら今朝の〝人さらい〟は何だ。きちんと説明をしてもらおうか。ああ、この男が連れてきた竹三って子供のことだ。借金の形《かた》に相撲取りにでもするつもりなら、

それで充分、罪になりやすがね」

十手を向けた熊公に、半蔵は背中で答えた。

「人聞きの悪いことを言いなさんな。私が御定法破りをしているのならば、番所だろうがお白洲であろうが出ていくよ」

今度は吐き捨てるように言って、奥へと向かった。思わず熊公は板間に上がるような勢いだったが、万七と若い衆たちが壁のように立ちはだかった。

「見てろよ、半蔵！　必ずおまえを後ろ手にして縛ってやる！　昔のように泣きっ面をかかせてやる！」

憤懣やるかたない言葉を浴びせて、熊公は表に出ていくのだった。

四

北町奉行所の役宅の方へ、和馬は案内され、遠山の自室に通された。

奉行所は表の役所と、奉行の妻子や家臣などが暮らす役宅がある。公務でないときの和馬は同じ菊川町の屋敷に呼ばれることが多かったが、珍しく番所へ出向いたのだ。

もっとも話は、公務ともいえる。今般の火除け地を使った勧進相撲についての、質問だったからである。

遠山左衛門尉はなぜか和馬と面談するときは少し不機嫌である。和馬はまだ若く、年が離れているせいかもしれない。

「そうか……高山、おぬしには話してなかったかのう。小普請組には、とうに伝えておったはずだが、旗本同士で話はせぬのか」

本当に知らなかったのか惚けているのか、遠山はさも自分のせいではないというふうに振る舞った。

「残念ながら聞いておりませぬ。まあ、そんなことは大して気にしておりませぬから、結構ですが、あの場所で勧進相撲を興行するのは如何なものかと、地割りを担っている旗本としての意見を申し上げに来ました」

「そう堅苦しいことを言うな、おまえらしくない。ここは私邸も同然だしな、ざっくばらんにいこうではないか」

いつになく気安く、遠山は振る舞った。何か他意があるからではないかと、和馬が勘繰《かんぐ》るほどの穏やかな顔つきである。

「では、遠慮なく申し上げますが、過日も失火があって、何軒か燃えました。風もなく、雨が降って湿気が多かったからか、延焼はせずに済みましたが、もし興行中に

「……」

「大丈夫であろう。万が一、そのようなことがあれば、他に手立てがあろうものを」

「万が一のために〝火除け地〟があるのです。もし、隅田川の川開きに興行を合わせるとなれば、人もさらに大勢押し寄せます。橋梁だって、普段より負荷がかかって危ないことになりますし、それこそ万が一、隅田川や掘割に架かっている橋が落ちたりしたら、人々は地獄を見ることになるのですよ。火除け地は単に延焼を防ぐ場所だけではなく、その後に焼け出された人たちが、仮に住む所や炊き出しをする所としても使われます。ですから、かの場所に何百人、何千人が集まるようなことをしては決してならぬのです」

一気呵成《いっきかせい》に言った和馬に、

「ふむ……なんだか、頑固な先代を見ているようだな」

と遠山は短い溜息をついて、融通の利かない奴めとばかりに睨んだ。

「話を逸らさないで下さいまし。よいですかな、お奉行……私は興行に反対をしているのではありませぬ。相撲は私も好きですから、是非に人気力士の取り組みを見てみたいものです」

「ならば……」

「ですから、場所を改めるべきです。半蔵に対して簡単に火除け地の使用を許したのは、遠山様の失策ですよ」

「失策、とな。これは手厳しい」

「町人の命を預かる奉行としては、いささか軽率過ぎましたな」

和馬は諫《いさ》めるように言ってから、

「そのような軽挙に出たのは、半蔵から上納金を取れると踏んだからでしょう。あの者は幾ら出すと申し出たのです」

「それは……言えぬ」

「何故です。小普請組の私にも、当然、報されるべきだと思いますが」

じっと見据える和馬に、遠山は半ば呆れたような笑みを洩らして、

「おまえも承知のとおり、勧進相撲の差配は寺社奉行であり、勧進元は神社である」

「はい……」

「だが、江戸については、この遠山に差配を任されておる。寄席や宮地芝居などと同様にな」

「それは承知しております。しかし、繰り返しますが、火除け地でやることはないでしょうと言っているのです」

「……おぬしも分からぬ奴だな」

　遠山もやや意地になって、

「何と言おうと、私が決めたことだ。これは奉行の専権事項である。おまえたちは、それこそ興行のときに事故が起きぬよう、繊細な心配りをもって対処するがよい」

　と断固、強行する姿勢を見せた。

「――遠山様のお考えは分かりました……やはり、私が調べたとおり、あの場所での興行については、〝元締〟となった町奉行所に売り上げの半分が入ることになっているようですな。そして、遠山様にも何百両か知りませぬが大金が約束されているとか」

「誰が言うたか知らぬが、出鱈目《でたらめ》じゃ」

　わずかだが気色《けしき》ばんだ遠山に、和馬は深々と頭を下げて、

「勧進相撲ならば、勧進相撲らしくするために、私が自ら何とか関わってみましょう。もし、火除け地を使わぬ代案ができますれば、また相談を致しますので、よろしくお願い致します」

「無駄だ。櫓や土俵造りも認めておる」

「町名主を含めて、近在の住人が反対しております。今日のところは退散しますが、

そのことだけは、お含みおき下さいませ」

和馬はもう一度、礼をすると、出された茶も飲まぬまま立ち去った。

舌打ちをして見送った遠山の側に、隣室で様子を窺っていた内与力《うちよりき》の吉川久兵衛《よしかわきゅうべえ》が近づいてきた。いかにも忠実な家臣という態度で、

「困ったものですな、お奉行……この際、拙者が見張りでもつけて、高山の動きを止めてしまいましょうか」

「それには及ばぬ。奴はこっちが何かすればするほど反発して、余計に面倒なことになる。しかしまあ、私のことを悪し様《あざま》に言いおって、どうも気に食わぬ。半蔵から賄《まい》賂《ない》なんぞ一文も受け取っておらぬぞ」

「さようでございます。お奉行ともあろうお方が、そのようなことをするはずがございませぬ」

吉川が当然のように頷いたとき、

「言い忘れたことがありました」

と和馬がいつの間にか舞い戻ってきていて、廊下に立っていた。

「な、なんじゃ、無礼者ッ」

吉川が強く言うと、和馬はその場に座って遠山に向かって、

「寛永元年に、江戸で最初の勧進相撲、四谷塩町《しおちょう》笹寺にて、初代横綱・明石志賀之助《あかししがのすけ》が晴天六日の興行を行ったとき、『本朝相撲之司御行司《ほんちょうすもうのつかさおんぎょうじ》』を担っている吉田司《よしだつかさ》家のもと、土俵を造ったのは、三河《みかわ》譜代の高山家であったことをお忘れなく」

「そうなのか……？」

「相撲はまさしく有職故実《ゆうそくこじつ》の行事でございます。儀式次第を律するのを補弼《ほひつ》する立場である当家としても、今般のことは正式に乗り出しますので、宜しくお願い申し上げます」

「…………」

「相撲行事を遂行するにつきましては、如何なる排除も受けませぬので、町奉行所としても、篤《とく》と心得あそばして勧進興行に当たられますよう、自らを律して下さいまし」

語気を強めて言うと、和馬は牽制するような目配りをして、また立ち去った。

「――おい！　お奉行に対して、無礼であろう、高山！」

感情を露わにして追いかけようとした吉川を、遠山はやめろと止めて、

「町奉行なんざ、所詮は一時の役職。代々、江戸を作って担ってきたのは、自分たち旗本であると、奴はそう誇りを持っているのであろう」

五

黒船町にある半蔵の屋敷では、裏庭に造った稽古場で、十人ほどの若い力士の卵が四股を踏んだり、鉄砲《てっぽう》を打ったり、ぶつかり稽古などを繰り返していた。汗が飛び散るほど激しい鍛錬だが、黙々とやるべきことをこなしている。

土俵をかたどった周りには、万七や伸助ら強面の若い衆が木刀や棍棒を持って立っている。丁度、本土俵の屋根を支えている四本の柱のようにだ。

四柱は、青龍《せいりゅう》、白虎《びゃっこ》、朱雀《すざく》、玄武《げんぶ》という守り神を表しており、実際の柱には真剣が縛りつけられてある。力士同士で揉め事があって、喧嘩になった場合は、審判役が斬ることができるのだ。まさに真剣勝負が土俵では行われるから、稽古の時から油断なく真面目に取り組んでいるのであった。

稽古場の片隅で、竹三が立ったままボサーッと眺めていた。

その横で、もうひとり、少し小柄だが勝ち気そうな目をした俊吉《しゅんきち》という同い年くらいの子が見ていた。

「おめえっちも、親が借金苦で、ここへ売り飛ばされたのか」

　俊吉が小声で訊いた。だが、竹三は耳に入っているのかいないのか、汗を飛ばして稽古に熱中している者たちに、ぼんやり目を向けているだけである。

「とんでもねえ親がいたもんだよな。こっちは物心ついた頃から、ずっと蜆売《しじみう》りよ。七歳からは、蜆を捕りにも行かされた。なのに、稼いだ金はぜんぶ親父が持っていきやがる。酒と博打と女だ」

「………」

「おふくろはいるのかい？　俺は顔も知らねえや。産後の肥立《ひだ》ちが悪くてよ……なんて可哀想な話じゃねえ。一歳か二歳のときに、俺を親父に押しつけて、別の男のところに逃げたとさ」

「おら、おふくろはいるけど、ろくに話したこともねえ」

「聞いてたのかよ」

　少し驚いた俊吉は、確かめるように竹三の顔を覗き込んだ。

「こっちは聞こえるんだ。左耳は小さい頃、親父にひっぱたかれて、鼓膜が破れて聞こえなくなった。だけど、こっちは大丈夫だ」

　えへへと笑って答えた。

「……おまえ、おかしいのか、ここ」

頭を指した俊吉に、竹三は笑いながら、

「あんまり考えたことがねえ。少しは考えろとか親父によく叩かれたけど、そもそも考えるってのが、どういうことか分からねえ」

「珍しい奴だな。ま、俺もそうだけど、親父のことが嫌で逃げ出そうとしたら、ここの頭取に捕まっちまった。何が楽しくて、相撲なんかできるかってんだ」

声に力が入ったせいで、縁側に腰掛けていた半蔵が俊吉を見た。思わず目を逸らした俊吉に、「おい」と鋭い声が飛んできた。半蔵の腹の底から響く声は、あんなに恐かった親父よりも何十倍も恐怖を感じた。

「ぶつぶつ喋りやがって、聞こえねえと思ってんのか」

「申し訳ありやせん」

すぐに謝《あやま》った俊吉は、バツが悪そうに竹三を見た。俊吉はわずか十日ばかり先輩で、まだ相撲の〝す〟の字も知らない。

「俊吉。そろそろ見よう見まねで、ぶつかっていけるだろう。みんなが稽古をした後で、毎日、四股と鉄砲の稽古だけはたっぷりしてたはずだからよ」

「あ、いえ、俺はまだ……」

「まだって、じゃ何時《いっ》やるんだ。こちとら只飯食わすわけには、いかないんだ。おい、富士丸《ふじまる》、体を貸してやれ」

「へえ」

弟子の中でも一際《ひときわ》大きな力士が、ゆっくりと土俵の勝負俵の中に入ると、俊吉は腰が引けて自ら進み出ようとしなかった。

「暴れ犬といわれて嚙みついては、人から金を巻き上げてた奴が、てめえより強い奴には尻尾《しっぽ》巻いて逃げるのか」

「だって、そんな……まだ死にたかねえ」

「大袈裟《おおげさ》だな、てめえは」

四柱代わりに立っていた万七たちが、むりやり放り込もうとすると、

「おらがやってみてえ」

竹三が土俵に近づいてきた。

「おめえは、まだ昨日来たばかりだ。四股もろくにやってねえのに、怪我をされちゃ元も子もねえ……」

半蔵がダメだと言ったが、竹三は見よう見まねで、四股を踏んで、

「でも、やってみてえ。面白そうだ」

と無表情だった顔が、みるみるうちに喜びに満ちた顔になった。万七はその表情を

見て、長屋の厠から出てきたときの間抜けな面とは違うなと感じて、

「頭取。力だけはありそうだから、やらせてみちゃどうです」

そう勧めると、富士丸もまずは体で覚えるのも大切だから、相手になると言った。

「なら、やってみな……俊吉。おめえと違って、性根が据わってるな、こいつは」

「頭が弱いだけでえ」

俊吉は言い訳めいて後ろに下がったが、土俵に入って、片足を高く上げて一瞬止めて、そこからドスンと踏む竹三の四股を見て、なかなか様になっていると思った。

だが、相手は富士丸だ。去年、上方相撲で、吉乃川《よしのがわ》という関脇《せきわけ》を倒した実力の持主だ。しかも、稽古だからとか、弱いからとかで手抜きはしない。それぞれの鍛錬を止めて、周りで見ていた弟子たちも、思わず首や肋《あばら》を怪我しなきゃいいがと思ったようだ。心配そうに見ている。

仕切り線で構えたふたりに、行司役の万七が声をかけた。

「――はっけよい……残った！」

竹三は思い切り、頭からぶつかっていった。すると、ガツンと鈍い音がして、富士丸の顔面にモロに激突した。

「ああっ！」

　と一同が思った次の瞬間、富士丸の方が仰《の》け反《ぞ》って吹っ飛び、土俵の外に仰向けに倒れてしまった。顔面は鼻や歯茎が切れたらしく血だらけで、脳震盪《のうしんとう》を起こして目を白黒させている。

「おい、富士丸。しっかりせい」

　中堅力士の鬼山《きざん》や岩山《がんざん》が、富士丸を助け起こしながら、竹三に向かって、

「ばかやろう。本気でやる奴があるかッ」

「本気じゃねえよ」

　竹三はポカンと口を開けて、

「でも、結構、おらも痛かった。たんこぶができそうだ」

「てめえ、からかってんのか！」

　鬼山がむんずと竹三を摑もうとすると、今度はいきなりズンと体当たりした。次の瞬間、鬼山がまるで布団のようにふわりと浮いて、ドスンと地面に落ちた。その行為で、わっと殺気めいて騒ぎ出した弟子たちを、

「ガタガタうるせえぞ！」

　と大声を張り上げて止めたのは、半蔵であった。

「稽古だからって油断をする方が、まずいんじゃないのかい。富士丸は部屋に運んで

休ませてやれ。すぐに気を取り戻すわい」

　そう言って、半蔵は倒れている鬼山の方へ歩きながら、

「様《ざま》アねえな。どうだい、こいつの力は」

「丸太で突かれたようでした」

「そうかい、そうかい……やっぱり、俺の目に狂いはなかったな」

　半蔵はまんざらでもない顔になって、竹三の背中をバシバシと叩いた。

「おまえの親父が息子を預けたいと言ったのは分かる気がするぜ。こんなのが家にいて、年頃になって大暴れされたら、ひとたまりもないやなあ」

「頭取……はっけよい、残った……てのは、なんですか」

　竹三が真顔で訊くので、弟子たちは可笑しそうに笑った。すると半蔵は、小馬鹿にしたような弟子に、

「じゃ、おまえ、答えてみな」

「取り組みのキッカケの言葉でさ」

「そんなこたア、竹三だって分かってるだろうよ。意味だよ、意味」

　と言われると、弟子たちのほとんどは首を傾げた。

「いいか。〝はっけよい〟は、力士に奮起を促すための掛け声だってことは確かだが、

『八卦良い』と『発気揚々《はっきようよう》』が混じってできたものだ。気合いが満ちて自信満々でも、勝負は時の運てことだ。だから、とにかく最善を尽くせってことだ」

半蔵が話すと、竹三は素直に頷いた。

「へえ。そうなんだ……では、残ったは？」

「まだ土俵を割ってない、つまり勝負がついてないということだ」

「勝負がついてない？」

「だから、どっちにもまだ勝機があると教えてるんだ。勝機、分かるか？　勝ち目があるってことだ」

「よく分かんねえけど、〝はっけよい、残った！〟てなあ、なんだかいい響きだなあ。おら、よく厠の中で、隣のおっさんが唸ってたのを聞いてたんだが、その声と似てる」

「汚ねえな。こっちは神聖な意味なんだ……いいか、よく聞け……勝負は神様が決める。だから、力士は一生懸命、自分が出せるすべての力を出し尽くせと言ってるんだ」

「なるほど、出し尽くして、後は〝紙頼み〟か。こいつア、いいや」

キャハハと大笑いをした俊吉を、半蔵はもとより弟子たちもジロリと睨んだ。また

バツが悪そうにそっぽを向いたが、竹三だけは訳が分からないらしく、首を傾げていた。それを見ていた他の弟子たちが、

――やっぱり、こいつは阿呆《あほう》だ。

と感じたのか、なんとなく和《なご》やかな雰囲気が広がった。

いつも厳しい半蔵も何となく微笑んでいる。

そんな稽古風景を――生け垣の外から、熊公がじっと見ていた。

六

数日後のことである。桜田門《さくらだもん》外にある寺社奉行・畠山土佐守《はたけやまとさのかみ》の屋敷では、半蔵を中心に、勧進相撲に参加する予定の武家と江戸の年寄たちが集まっていた。

実は、和馬が〝物言い〟をつけて、本来、相撲行事を差配すべき寺社奉行に権限を戻して、江戸の寺社に掛け合ってもらった末、結局、相撲を深川富岡八幡宮で執り行うように話がつき、その段取りについての寄合が開かれていたのである。

半蔵にとっては寝耳に水であったが、町奉行所から、「今般の勧進相撲については、高山預け」という通達がきたがために、寺社奉行に仕切り直してもらうこととなった

のだ。

しかし、半蔵にとっては、一切を任せると言われていたから、これまでもかなりの資金を捻出して、面白い興行になるようにと番付なども作ってきた。それが泡となって消えるのであれば、自分は興行から手を引くとまで言い出したのだ。

「それは困る、龍紋寺頭取」

情けない顔で救いを求めるように言ったのは、畠山であった。

「なんとか、引き受けてもらえまいか。でないと、上方の花形力士と、諸国大名のお抱え力士の激突という取り組みを披露することができぬ。形だけ儂《わし》が……いや、公儀が勧進元になるだけのことだ」

半蔵に去られると、上方の有名な関取を連れてくることができない。だから、畠山は懇願をしているのだ。

本来、勧進元は寺社である。ここが興行の主体で、相撲取りを雇い入れるのが勧進方、集めたのを寄方として興行を打っていたのである。半蔵はそもそも寄方として大坂で成功を収めていたのだが、どんな力士を集めるかによって、集客が大きく変わってくる。つまり儲けに影響があるのだ。

武家は〝相撲衆〟とか〝相撲組〟などを組織して、強い力士を召し抱えていたが、勧進相撲で多く勝って〝優勝〟することが名誉となるのである。金に余裕のある商家も相撲取りを抱えることがあり、勧進相撲は店の名を知らしめる大きな機会となった。

この場にも、江戸で指折りの材木問屋、米問屋、商家、両替商などの番頭が話し合いに加わっており、紀州徳川家や加賀前田《かがまえだ》家、陸奥伊達《むつだて》家をはじめとする五十家の江戸留守居役らも集まっていた。

武家に雇われた力士は、概《おおむ》ね二十俵二人扶持から五十俵五人扶持ほどの俸禄がある。大食いが多いゆえ、それでは不十分だから、諸国の勧進相撲に出て名を上げ、報酬を得ていたのである。

番付が上がれば、当然、取組料は高価なものになる。大関《おおぜき》や関脇、小結《こむすび》という三役になれば、土俵に登場するだけでも拍手喝采を浴びて、たとえ負けても大金を持ち帰ることができる。だからこそ、普段の稽古が大切で、少しでも番付の上を目指していたのだ。

武家や豪商に雇われない力士は、辻相撲や野相撲で、いわゆる賭け相撲をして稼ぎながら力をつけ、いずれは勧進相撲を取れるように頑張った。それでも無理な力士は、祭事を扱う相撲取りとなる者もいたが、やさぐれてしまう者もいた。

半蔵はそうした〝落ちこぼれ〟の中から、物凄い力士を探してくる才覚があって、そいつらを強い力士にぶつけて勝たせ、一挙に花形にしてしまうことが多かった。

元禄時代からは、異国三太兵衛《いこくさんたへえ》、柳原文左衛門《やなぎはらぶんざえもん》、道芝七太夫《みちしばしちだゆう》などの有名な町人興行師が増えた。諸国の大名と掛け合って〝相撲衆〟や〝相撲組〟の中から優れた者を集めて、興行をしていた。半蔵は元力士ではあるが、そういう道を選んで上手《うま》くいったのだから、性に合っているのであろう。

頭取というのは、年寄や親方といわれるとおり、相撲取り出身者だけが名乗れる。しかも、半蔵は自前の相撲部屋も持っている。そして、不定期な勧進相撲ではなく、芝居が小屋で常打ちをするように、定期的な連続興行をすることに、半蔵は上方で尽力をしてきた。だからこそ信頼が高かったのだ。ただ、

――金にうるさい。

という悪評だけは広がっていて、誰もが噂していた。が、実際、興行を打てば、参加した方も得をしているから、面と向かって文句を言う者はいなかった。

しかも、今回は、上方相撲に江戸相撲が勝てるか、という東西の対立軸もある。地元を応援するのは世の常である。半蔵は、人々のそういう狂喜を利用することにも長けていた。そのもうひとつの仕掛けが、

――無名力士が花形力士に勝つ。

というものである。

土俵での勝負は、一瞬のことであり、一回きりである。技や力だけが勝ち負けを決めるのではなく、度胸や運によって流れが変わるところが、相撲の醍醐《だいごみ》味だと、半蔵は常々、語っていた。むろん、力量に裏打ちされたものがなければ話にならないが、

「鍛錬千日、勝負一瞬」

という格言は、自分の相撲部屋の弟子たちに耳に胼胝《たこ》ができるほど繰り返していた。

それほど相撲に精通した人物であることを、この寄合に来た人々も知っている。だから、単に興行収益や取り組みの番付の話ばかりではなく、半蔵を中心に据えることが、勧進方たちの願いだったのである。

「のう、龍紋寺頭取。ここはひとつ、花より実を取るということで、手を打ってくれぬか。実は、悪くない話があるのだ」

「悪くない話？」

「上様の上覧相撲にしては如何かと幕閣から話が出ておるのだ」

畠山が神妙な顔つきで言った。

「上覧相撲……!?」

あまりにも意外な言葉だったので、半蔵は思わず腰を浮かした。他の者たちも驚き

を隠せなかった。

「武家同士のぶつかり合いを、上様は観たいのであろう」

「……しかし、将軍の上覧相撲となりますと、これまた色々と手間がかかりましょう。紀州の力士に気も遣わねばなりませぬ。手前どもと致しましては、町人に楽しんでもらいたいと……」

半蔵が尻込みすると、畠山は安心しろと言った。

「どうじゃ。上覧相撲となれば、おまえの株が上がるのではないか」

「株が上がる……なるほど、今は我々、頭取だの年寄だのというのは、商人のように〝株仲間〟が許されておりませぬが、これを機に認めてもらいたいものですな。ならば、正業として、相撲を営むことができます」

幕府や藩が許可を出した商工業者の同業組合と同格にすれば、営業上の特権や地位、利益を握ることができると、半蔵はすぐに計算したのである。

「せっかくの機会ですから、株仲間を作るお許しを御公儀から戴ければ幸いですが」

「——それは……それがしからは何とも言えぬ」

「ならば、御前《ごぜん》様から何とか幕閣重鎮の方々にお取り計らい下さいまし。さすれば、此度の御前相撲、東西花形の関取、諸国の名力士を打ち揃えまして、上様に相応しい盛大なものにしてご覧に入れまする」

「いや……」

「できないとあれば、勧進相撲はともかく、上覧相撲は諦めていただきます」

あっという間に、主従が逆転したようになって、畠山は困った顔で、

「相分かった……なんとか努めてみよう」

と言った。とたん、半蔵は言質《げんち》を取ったと満面の笑みで、居並ぶ武家や商人たちを見廻しながら、役者が見得《みえ》を切るように、

「ご一同！　これで、私たちが常々、力士たちに言っていた『土俵には金が埋まっている』ということが、もっと大きな顔をして伝えられるかもしれませんぞ。金が入れば、もっともっと強い力士が沢山集まる。どうです。良いことずくめではないですか！」

ひとり浮かれたように、半蔵は声を強めた。商人たちは、なるほどと頷き合ったもののの、武家の方は神聖であるべき相撲を、金儲けの手段にするべきではないと露骨に非難した。

すると、半蔵は武家たちを独特の鋭い目つきで睥睨《へいげい》して、

「よくそんなことが言えますなあ。高い取組料を取った上に、勝ち星を挙げて賞金を

たんまり持っていってるのは、何処のどなたさんでしょうか」

「無礼者！」

加賀前田藩の江戸留守居役が憤然と立ち上がったが、半蔵はまったく動ぜず、

「私どもは命を削って勝負してるんです。お大名様方の余技とは違うんですよ」

「もう一度、言ってみろ。侮辱をすると許さぬぞッ」

「その気迫、力士に土俵でぶつけさせたらどうですか。上様の前で、上方の関取たちをぶっ飛ばすことができたら、それこそ名誉なことと違いますか。それとも……ガチンコには自信がありませんか」

「うぬ……」

二の句が継げなくなった江戸留守居役に、半蔵はにんまりと笑いかけて、

「お互い相撲が好きで、勧進興行をしてるんじゃないですか。そんなに儲けることが悪いことですかな。金にならなきゃ、誰があんなしんどい、痛い思いをしますか。自分が儲けるのじゃない。力士のために儲けてやったらいいじゃないですか」

と余裕ありげに言うと、他の誰もがもう何も言わなかった。心の奥底にある思いは似たり寄ったりなのであろう。半蔵は人のささやかな欲望を見抜いたように、もう一度、頷きながら一同を見廻した。

七

「力士のために儲けてやったらいい……随分と綺麗事を言ってやがるじゃねえか」

いきなり廊下から押し入ってきたのは、熊公だった。後ろからは、古味もぶらりと入ってきて、武士たちには腰を屈《かが》めて、失礼致しますよと挨拶をした。

「何事だ。町方風情が、誰に許しを得て入ってきた」

畠山が不快を露《あら》わにすると、古味はあっさりと、

「遠山様から特別に許らってもらったはずですが、ご存じない？」

「無礼者。下がれ」

「まあ、お聞き下さいまし」

古味が丁重な物腰で、一同を見廻していると、

「これは、八丁堀の旦那。一体、何があったんです」

顔馴染みの米問屋の主人が声をかけた。

熊公は十手で自分の肩を叩きながら、でかい体を揺らして、

「偉いお武家さんやお金持ちの旦那衆が、下らない男に騙《だま》されちゃいけやせんや。そ

の半蔵って男は騙りもいいとこだ」

「騙り？　何を言い出すんだね。この人は元大勝山という立派なお相撲さんで、今をときめく上方の頭取……」

「大勝山ア？　カチカチ山の間違いじゃねえか。性悪《しょうわる》な狸《たぬき》だ。なにしろ、てめえの親方の金をくすねて逃げたんだからよ」

　眉を顰《しか》めて半蔵を見据える熊公の表情には、憎しみ以上のものがあった。

「たしかに龍紋寺頭取ってのは本当ですがね。その暖簾だって、先代の龍紋寺という頭取から、金で譲り受けたもんだ。株仲間を募って、頭取株だの年寄株だのを作ろうってことが、もう金にモノを言わそうって魂胆が見え見えじゃねえか」

　悪意に満ちた熊公の言い方だが、半蔵は余裕があるのか、感情を表に出さずに黙って聞いていた。

「まあ、皆さん。あっしも元は十両で、この大勝山は兄弟子《でし》になりますが、弱いのなんのって……まあ、昔話はいいか。親方から盗んだ金も借りたと言い張るなら、それは百歩譲って許してやったとしても、人さらいの罪は、容赦できねえんだ」

「人さらい、ですと？」

　誰かが声を上げて、どういうことだと熊公に迫った。この場はまだ、半蔵の方が正しいという雰囲気がある。

するとと、古味がズイと進み出て、

「拙者が調べたところによると、そこな半蔵は借金の返済に困った者を、色々な高利貸しを通じて調べ上げ、その中から、力士としてモノになりそうな子供を連れてきては、乱暴を加えて〝たこべや〟に押し込んで、相撲取りにしてるのだ」

「それのどこが人さらいだというのだ」

武家の誰かが声を上げた。借金に苦しむ人間の弱みにつけ込んで、娘を女郎《じょろう》屋に売り飛ばすのとは違うぞと庇《かば》う者もいたが、

「人を売り買いしているのも同然だ」

キッパリと古味は言った。

「しかも、賭場《とば》でわざわざ借金を作らせて、強引に子供を連れ去るという手口もあったらしい。そんなことをしている奴が、頭取というのは困ったものだ。そうは思わないですか、旦那方」

「こんなことを言ってはなんですがね……」

先ほどの米問屋の主人が半蔵の事情を察するように、

「ここにいるどなた様も、多かれ少なかれ、金が絡んでいるのではないのですか。う

ちが抱えている力士だって、貧しい百姓の出でしてね。おふくろさんの薬代のために、江戸で頑張らせてるのだから」

「違うんだな、これが」

古味は鼻で笑うと、半蔵の前に立って、

「おまえさん、殺しにも手を貸したことがあるな」

と訊いたとたん、一同の表情が強ばった。定町廻り同心が何の根拠もなく、人殺し呼ばわりをするはずがないだろうから、その場に緊張が走ったのである。

「私が……？」

「白《しら》を切っても無駄だ。近頃、人さらい同然に連れてきて弟子にした子供を、折檻が過ぎて殺したそうじゃないか。言い訳は無駄だぞ。きちんと裏を取ってる。おまえのとこの若い衆にも聞いた」

「……あれは、稽古中の事故だ」

「黙りやがれッ」

強く怒鳴った古味を、各藩の江戸留守居役たちも神妙な顔で見ていた。

「どうせ牛や馬のような畜生と一緒だと思ってるから、乱暴なことができるんだろうが、年端《としは》もいかぬ子供の体を木刀で叩いたり、倒れているのを足蹴《あしげ》にしたり、鍛錬だと称して重い石を抱かせたりすりゃ、大人だって死んでしまうだろうぜ」

「稽古で潰れるような奴は、土俵でも死んでしまう」

「だからって、殺していいのか。とはいっても、まあ、事故で決着してるがな」

「旦那……めでたい席で、物騒なことばかり言わないで下せえ」

居直ったように半蔵は、熊公を見上げて、

「大体が熊公……おまえは何だって因縁をつけるんだ。何か俺に怨みでもあるのか」

「……江戸に帰ってきたのは、今度だけじゃあるめえ」

「なに？」

「青雲楼親方が死ぬ前日にも、顔を出してたよな。俺は見かけたんだ。金のことや娘さんのことで、おまえと親方が口喧嘩をしてたとこを……決して許しちゃいなかったはずだ」

「…………」

「安心しな。娘さんはまっとうな植木職人と一緒になって、子供もいる」

熊公はさらに険しい目になって、

「俺はな、半蔵……親方を殺《や》ったのは、おまえだと踏んでる。あの親方がそう簡単にふつうの奴に殺されるわけがねえ。しかも、刃物じゃなくて突き飛ばされて頭を打って死んだんだ。その頃は、町方も必死に探索してくれたし、俺もあんたが怪しいと訴えたが……あんたはもう江戸を発ってた」

「何の話だ。知らん」

「だから、俺はあんたを必ず捕まえて、三尺高い所へ送ってやる。そのつもりで、こいつを預かるって決めたんだ」

「そうかい。大した心がけだな。だが、熊公、そこまで言うなら、前にも言ったが、きちんと証拠を持ってこい。その頃、俺はもうそれなりに稼いでいたから、親方に金を返して、礼を言っただけだ」

「喧嘩をしてたじゃねえか」

「あれは……まあ、娘さんのことだ……俺には上方で他に女ができてたから……親方としちゃ、娘はずっと待っていたのにと叱られたんだ……本当だ」

「信じられるかッ」

　熊公は吐き捨てるように言って、

「皆々様、こんな男が仕切った勧進相撲なんぞ、神様が許しますまい。上様だって、その名に傷がつきましょう、こんな奴の相撲なんざ観たりすれば」

「いい加減にしねえか！」

怒鳴って立ち上がった半蔵は、一同を見廻してから、

「下らないところをお見せしやした。これは、私が江戸相撲に関わることを邪魔する輩《やから》の嫌がらせに違いありません。取組料や番付などの詳しい話の場は、行司を交えて改めて持ちたいと思いますので、今日のところは散会ということで、宜しくお願い致します」

と深々と頭を下げると、睨みつけている熊公を一瞥《いちべつ》して立ち去った。

誰ともなく溜息をつくと、古味が念を押すように、

「あいつとは、あまり深く関わらない方がよさそうですぜ。でないと、ここにいるお歴々にも累《るい》が及ぶことになりかねないですからね」

「有り難いご忠告だが、古味の旦那……こういうのを横槍っていうんじゃありやせんか。旦那だって、人に言えないことのひとつやふたつ……」

米問屋は袖の下をぶらぶらと振って、

「もしかして、これですか？　興行になれば、人が大勢集まるから色々と厄介事も起きる。そのときのために、とね」

「昔の俺とは違うんだよ。高山様に感化されてしまってな、近頃は、真っ直ぐ正しいことしか体に馴染まないんだ」

古味はそう言うと、熊公を促し表門から出た。大通りに向かって歩き出すと、

「熊公、本当に、奴はおまえたちの親方を殺したのかい」

と訊いた。

「そりゃ、どういうことです」

「俺には、殺しまでした人間には見えなかった。長年の勘としか言いようがないが」

「半蔵はね、旦那。昔から目端《めはし》が利いて、如才のない男でしたからね。うまく世渡りをしてきたんでしょうよ。だが、俺の目は誤魔化せねえよ」

「おめえ、さっき……あいつをお縄にするために岡っ引になったと言ってたが、それは本当のことかい」

「ま、最初はそうでしたがね。今はそれだけじゃありやせん。どんな悪い奴にだって、この十手を叩きつけるつもりでさあ」

「そりゃ、いい心がけだがな、怨みや嫉妬だけで人を見れば、心の鏡は曇る。半蔵のことは、もう一度、念入りに調べてみることだな」

「旦那は、あっしが嘘をついてるとでも？」

ふて腐れたように振り向いた熊公に、首を振りながら古味は言った。

「そうは思ってないが、人殺し扱いをするなら慎重にしないとな。むろん、稽古とは

いえ、弟子が死んでしまったことは、決して許されることじゃないが、親方殺しとは別の話だ」

「じゃ、親方を殺したのは誰だってんです。あの頃、町方はろくに調べもせず……まあ、いいや。旦那にまでそんなことを言われるなら、俺は勝手にやらせてもらいやすよ。奴の化けの皮を剝いでやるんです」

熊公は腹の底から怒りを吐き出すように言うと、地面を踏みならして歩き去った。

八

真っ青な晴天に恵まれて、江戸勧進相撲の初日を迎えた富岡八幡宮は、やんややんやの大歓声で、興奮の坩堝《るつぼ》と化していた。縄張りを取り囲むように、力士の名を染め抜いた贔屓《ひいき》筋による幟《のぼり》が隅田川の川風にはためき、菰樽《こもだる》がずらりと並んでいる。

櫓や土俵を設営していたということで、場所は結局、富岡八幡宮近くの火除け地を利用することになったが、浅草寺《せんそうじ》、神田明神、日枝神社《ひえじんじゃ》、回向院《えこういん》などが共催した勧進だということで、和馬、いや吉右衛門がまとめたのである。もちろん、万が一の災害に備えて、周辺には余裕を持ち、町火消しや大名火消しの鳶《とび》、町方同心、岡っ引らが待機している。

土俵は元々、〝人方屋《ひとかたや》〟と呼ばれた、相撲場を取り囲んだ客席の輪のことだ。

――土俵四本柱、三間四方、其内丸ク二間、地行より三尺程高シ。

というような土俵ができたのは、元禄年間である。今は、勝負俵十六に徳俵が東西南北に四つある形式だが、この土俵によって、古来の〝倒す〟という技から、外に〝出す〟という格闘形式が加わった。

興行のためには桟敷席《さじきせき》という〝観客席〟のために、六十間から八十間四方の場所が必要で、その一間の枠内が今の枡席《ますせき》である。一間あたり二貫目から四貫目という値で贔屓らが買っていた。これが興行元の大きな収入源であった。

桟敷席に入れない者は、〝地居《じい》〟という三十文から五十文ほどだから、安く相撲を観ることができた。この〝地居〟までぎっしり詰まった相撲場には、触れ太鼓が鳴ってから、押すな押すなの観客が集まっており、屈強な力士たちの取り組みが、次々と披露されていた。

だが、ただ取り組むだけでは興奮しないから、半蔵は筆脇《ふでわき》や帳元《ちょうもと》らと面白くなるように、上方と江戸の力士がぶつかりあうように番付表を作っていた。初日ゆえ、概ね、江戸の若い無名の力士が、上方の有名な花形力士の胸を貸してもらうという取り組みだった。

相撲というのは、単に勝負を観るだけではなく、贔屓の力士が〝悪役〟に辛勝するという物語を描きながら応援する。それだけ熱が入る。

とはいえ、熟練の人気関取には、それなりに花を持たせなければならない。どんなに若くて勢いがあって、体の大きな相手でも、

——簡単に勝つ。

という状況がいるのだ。上方の力士が勝てば勝つほど、憎々しく思えてくる。しかし、最後の最後に、江戸の花形が上方力士をギリギリのところで投げたり、押し出したりした瞬間に、観客はドッと沸き上がるのである。

今日は初日であり、取り組みは東西でいえば、西の上方力士が圧倒的に強く、まだ未熟な東の江戸力士は、いいところまでいっても、コロンと倒され、深い溜息とどよめきが入り混じるのであった。

桟敷席の一角に、和馬も他の小普請組の者たちや吉右衛門とともに観ていた。女人禁制ゆえ、千晶の姿はない。相撲茶屋から運ばれてくる寿司や酒には手もつけず、目の前の力士のぶつかりあいを拳を握りしめて、観戦していた。

「千晶にも見せてやりたかったですなあ……あいつ意外と、こういうのが好きでしょ。

ま、今頃は何処か、火の見櫓の上からでも観ているかもしれませんがね」

吉右衛門が言うと、和馬も納得して、

「もしかして、あれかな？」

遙か遠くの火の見櫓を指してみた。もっとも参道にある茶店の二階は、奥女中などが貸し切りにして相撲観覧することがある。幔幕《まんまく》の上から土俵が見えるように設《しつら》えてあるのだ。

「……十日間の興行が終われば、特別に江戸城にて上覧試合をするとか。上位十人だけを集めての特別な取り組みらしいが、和馬様……本当は、一体、何を企んでいるのです」

「企む？」

「でなければ、上覧試合なんぞを催しはしますまい」

「上様のたっての頼みらしいから」

和馬がそう答えたところで、ワアッと歓声が起こった。土俵上には、丸亀京極家《まるがめきょうごく》お抱えの関取・大洗《おおあらい》が上がって、股割《またわり》をして四股をドスンドスンと踏み始めたからである。

此度は、陸奥伊達家をはじめ、盛岡南部《もりおかなんぶ》家、庄内酒井《しょうないさかい》家、阿波蜂須賀《あわはちすか》家、肥後細《ひごほそ》川《かわ》家、薩摩島津《さつましまづ》家などそうそうたる大名のお抱え力士が登場して、お互い御家の威信を懸けて戦うのも見物《みもの》のひとつであった。上方では、『決戦関ヶ原』といって、東国と西国の大名が取り組む遊びもしていた。

——ドスン、ドスン。

まさに百貫もありそうな巨漢・大洗の四股は、土俵の下の邪気を踏み祓ってしまいそうな迫力で、櫓が揺れていた。

その時、中改《なかあらため》という羽織袴姿の勝負検査役らが立ち上がって、何か話し合いをした結果、

「大洗の相手だった鬼山が怪我のため取ることができません。本来ならば大洗の不戦勝となるところですが、初日縁起、祝儀ということで、勧進元の龍紋寺頭取の弟子、竹三と差し替えで、勝負します」

と公表した。

竹三は番付表にも載っていない力士であり、土俵の下に現れたのは、体は大きいがまだあどけない顔で、髷《まげ》も結っていない。客席からは、「ふざけるな」「もっと、ちゃんとした相撲取りを出せ」「鬼山がダメなら、富士丸か岩山にやらせろ」などと野次が飛んだが、呼び出しは竹三の名を呼んだ。

四股を踏み、清め塩を投げる仕草もまだ板についていない。客よりも不満なのは、相手の大洗の方だった。露骨に嫌な顔をしたが、

——まあ、これもご愛敬。

と思い直したのか、背筋をまっすぐ伸ばして、どっしりとした四股を踏んで、お互い見合っての勝負と相成った。

江戸の力士の間には、〝上方登り〟の関西の相撲取りには反発が強いから、龍紋寺頭取の弟子というだけで、大きな非難の声が飛び交ったものの、竹三の出身が江戸だと知ると、微妙に歓声の風向きが変わった。

だが、大洗から見れば、相手はただ太っているだけのガキで、四股の踏み方も付け焼き刃だということはすぐに分かる。片手でも勝てる相手、いや、こっちが棒立ちでも向こうが勝手に倒れる程度の奴だと、瞬時にして見抜いていた。

とはいえ、立ち合いで、いきなり相手を吹っ飛ばしたのでは芸がない。

——相手に廻しを取らせて、土俵の真ん中で、しばらく組み合う。前褌《まえみつ》か右四つか、とにかく好きにさせて、左右に揺さぶりをかけて、文字どおり〝大番狂わせ〟になるのかと思うくらいに遊んでおいて、土俵の下まで思いきり投げ飛ばしてやろう。

大洗はそう頭の中で、太刀筋ならぬ取り組み筋を明瞭に思い描いていた。観客は立

ち合い様、一瞬にして決まる〝ぶつかり勝負〟には、意外と興醒めするものである。三役級の技を見せつけて、二度と土俵に上がれないくらい恐がらせてやる。

そう思いながら、気合い充分になったとき、

「構えて……はっけよい、残った！」

行司の声とともに、立ち上がり、大洗と竹三がガツンと鈍い音で、頭でぶつかった瞬間――大洗の体が、ゆっくりと宙を舞って、そのまま土俵の下まで落ち、次に控えていた関取の目の前に転がった。

竹三も勢い余って、そのまま土俵の外まで踏み出たが、あまりにも瞬時のことで、観客は何が起こったのか分からないという雰囲気で、相撲場には静寂が広がった。

少し間があって、行司は軍配を、竹三が出てきた「東」に挙げていた。勝ち名乗りを受けるために、竹三は元の位置に戻ったが、大洗の方は気絶したままだった。

九

千秋楽を終え、上位力士による上覧試合も無事に終わった。江戸城吹上御苑《ふきあげぎょえん》で執り行われた一日限りの相撲では、将軍家斉をはじめ老中若年寄や主だった奉行が居並ぶ

前で、本場所さながらに熱気のこもった取り組みが行われた。

北町奉行の遠山左衛門尉も臨席したが、大名のお抱え力士たちは、〝賞金〟も与えられるということで、藩の名誉のために奮戦した。

その場には、特別に、旗本や町名主、御用商人たちとともに、裃《かみしも》を着用した半蔵も末席に招かれた。もっとも城内で行われる新年の能楽と同様に、竹垣で囲まれた決められた範囲にしか居られないので、将軍の顔などは見えるはずもなかった。

が、将軍は大層、満足したらしく、遠山を通して金一封を遣わすために、半蔵は北町奉行所まで呼び出された。

すでに、その場には、和馬も先に来ており、旗本としても懇《ねんご》ろに、半蔵に対して労をねぎらった。

「畏れ多いこと……感謝の言葉もありませぬ……」

恐縮のあまり、半蔵は打ち震えていた。江戸でのことだけではない。これまで上方でも、幾度となく邪魔が入って、思うような興行ができなかったこともある。それは、何の根拠もないことであるが、

──人さらい同然のことをして、取組料を吊り上げて、守銭奴のように稼ぎまくっている興行師だ。

という悪評が広まっていたからである。

「これで少しは、安堵致しました。お上が認めて下さり、私もずっと相撲をやってきた甲斐があるというものです」

半蔵が丁寧に頭を下げると、遠山は真剣な顔を向けたまま、

「まだ喜ぶのは早い。うちの定町廻り同心から話があるゆえ、同席させる。よいな」

「はい。構いませんが……」

何事だろうと不安な顔になる半蔵の前に、古味が廊下から現れて座った。半蔵はすぐに、寺社奉行の屋敷に、熊公と一緒に来た同心だと分かった。

「早速だが、青雲楼親方の死についてだが、岡っ引の熊公がしつこくてな……俺も本腰を入れて調べたのだが、五年ほど前に、おまえはたしかに青雲楼親方に会ってるな」

「その時も申したはずですが」

「娘さんのことで揉めて、おまえに突っかかった親方を、おまえは押し返した、というのを、熊公以外にも見かけた者がいたのだ」

「いや、それは……」

腰を浮かす半蔵に、古味は制しながら、

「まあ、慌てずに聞け……おまえが親方と会った所は何処だい」

「両国橋東詰の『桜屋《さくらや》』という料亭の離れから、ちょいと隅田川の方へ出た所です」

「らしいな……で、おまえの親方が、頭を打って倒れているのが見つかったのは、同じ夜ではあるが、深川不動《ふどう》の親方の家のすぐ近くだった」

「…………」

「酒に酔って倒れたというのが、町方の見立てだったが……おまえが殺《や》ったという証《あかし》は何ひとつない。だから、おまえのいうとおり、殺っていないのだろう。だが、熊公は舞い戻ってきたおまえが殺ったと言い張っている」

「そんな……」

「奴に怨まれるようなことが、他にもあるのか？　そこのところが、俺にもよく分からないのだ。おまえたちに、昔、何があったのだ。この際、すべてを話してみな」

古味に促されて、半蔵は遠山に深々と頭を下げてから、

「恐れながら申し上げます。私は、自分が力士だった頃は、熊公の言うとおり、大して強くはありませんでした。でも……目一杯、本気で勝負にいったので、相手が勝ったとしても、怪我をすることが多かった」

「この前の、竹三のようにだな？　残念ながら、上覧相撲には番付外ゆえ、出ること

ができなかった」

和馬が口を挟んだ。半蔵はそのとおりだと頷いて、

「禁じ手の他は、どんな手段を使ってでも相手を倒そうとしたが、それでも負けそうになったら、一矢報いるつもりで、倒れながらでも相手も引き倒したりしました」

「なるほど。それは悪いこととは思わぬが」

今度は、遠山が頷きながら、半蔵に訊いた。

「親方はそれに反対だったのか？」

「はい……熊公も、同じ考えでしたから、一度、この腰抜けめと、叩《はた》いたことがあります」

「実は、青雲楼親方ならば、一度だけ会ったことがある。相撲部屋の弟子が、辻相撲の……いわば素人力士相手につまらぬ喧嘩をして、大怪我をさせた。その始末のために、私と会ったのだ」

「そうでしたか……」

半蔵は溜息混じりで、

「以前は、喧嘩っ早い力士も多かったけれど、今は頭取や親方がしっかりしているから、上方でもほとんどありやせん。ただ……その時の喧嘩もそうですが、辻相撲や野

相撲は、賭け事と同じですから、真剣に戦います。本当に生きるか死ぬかです。だから、勧進相撲の力士たちに、奴らは『おまえら、どうせ弱いんだろう』とからかったのです」

「うむ……だから、勧進相撲の力士が、辻相撲の者たちを、本気でのしてしまった」

「はい。しかし、勧進相撲は神事からきているとあって、見せ物である、という親方の考えがありました。だから、興行の間は怪我のないように、お互いに気をつけなくてはいけない。怪我をせぬために、日頃から一生懸命、鍛錬して鍛えなくてはいけないと教え込まれました」

「…………」

「お客の方も、土俵上の取り組みは体を張った〝芸〟として見ていて、本当に大怪我をするようなものは望んでいません。小兵《こひょう》が大きな力士を投げるとか、因縁の関取同士の戦いにケリをつけるとか、若く有望な者が出世するのを楽しみにするとか……そういう一種の〝絵空事〟のようなものを楽しんでる面もあります」

「だが、おまえはガチンコ勝負がすべてだと思っていた。そうだな」

遠山がまた訊き返すと、半蔵はしかと頷いて、

「親方と意見が合わなかったのは、そこです……しかし、私もまた貧しい農民の出で、

親方に拾われて、相撲取りの端くれになれた。だから、感謝は忘れておりやせん。でも、客から金を取る限りは、真剣勝負でなきゃいけないと、私はずっと訴えてました」

「…………」

「でないと、取組料も吊り上げることはできませんからね」

半蔵は体中に力が入ってきて、

「だって、そうじゃありませんか。でっかい体の男たちの裸の見せ合いじゃないんです。踊りじゃないんです。命懸けの勝負だからこそ、客も喜ぶんじゃありませんか。勝ち星の数なんて、どうでもいいんです。お互いに逃れようのない一瞬の、男と男がぶつかり合って燦めく、閃光のような勝負こそが、相撲の醍醐味じゃありませんか」

「相分かった」

と遠山は止めて、改めて訊いた。

「だが、どうして、世間が言うように、取組料をそんなに跳ね上げようとするのだ。大関、関脇、小結という三役になれば、一番につき、百両、二百両という物凄い取組料となって、興行主のおまえには、その半分が入ることになっているそうではないか」

「それの何処が悪いのか、私には分かりません」

「悪くないと？」

「命を懸けているんですよ。まだまだ安いくらいだと思っています」

「どうして、そこまで金に拘《こだわ》るのだ」

「決まってるでしょう……子供たちのためですよ」

「子供たち？」

「うちで預かった子らは、ただ貧しいとか、勉学をしていないというだけではありません。駄目な親が多いのです。当たり前にすれば、ふつうに育てられたはずだが、ろくに働かず、怠け者で、子供のことなど顧みず、博打をして、酒を飲み……母親も似たり寄ったりの自堕落《じだらく》で、決して、まっとうに子供を育てようとしない」

「…………」

「そんな不遇な暮らしから抜け出すには、何か子供たちに生きる道を見つけてやるしかないじゃありやせんかッ。私にできることは、相撲なんです」

　懸命に訴えるような目で、半蔵は声を強めた。

「世の中の片隅に追いやられて、誰の目にも触れられないような子たちを、忘れられたガキたちを……私は救っているつもりですがね……だから、金には拘るんです」

「なるほど。良い心がけだが、それでは誤解され続けよう」

遠山が人身売買に抵触するのではないかと言ったとき、和馬が膝を進めて、

「ならば、いっそのこと、株仲間にしては如何でしょう」

と提案した。

「株仲間、な」

「はい。親方株を公許にするのです。そして、勧進元等の興行主は、江戸の年寄と上方の頭取が、年に何場所か決めて順繰りに務め、頭取や年寄が持つ部屋の数なども制限する。つまり、歌舞伎と同じように、きちんとした興行にするのです。そして、部屋に入るためには、所定の様式に従って、新弟子を取るようにするとか」

「ふむ。ならば、無用な争いや人さらいは起こらぬ、か」

「その代わり、単なる神事とか寺社のための勧進相撲ではなく、〝大相撲〟とか銘打って、純粋に勝負を楽しむのは如何でしょうか」

むろん、これまでも勧進相撲を引退した相撲浪人などが、親方となって株仲間を組織して、相撲興行を打ってはいたが、毎年、その都度、寺社奉行に許可を得てやっていたものである。

その際、年寄制度のようなものもあったが、完全ではなかった。これからは、相撲

を専業とする集団に、興行許可を幕府が与えれば、興行元は安定する。客の方も法外な席料を取られることもなく、安心して観戦できるのではないかと、和馬は訴えた。

　半蔵と古味が下がって、和馬とふたりきりになった遠山は苦笑を浮かべて、

「和馬……おぬし、またぞろ吉右衛門を通して、上様に妙な策略を頼んだな」

「はあ？」

「半蔵を、江戸城での上覧相撲の立役者にすれば、年寄株や会所のことも、うまく運ぶと考えていたのであろう」

「いいえ。単なる思いつきです」

　と和馬も微笑を返して、

「ただ、遠山様……あの半蔵は、ガチンコ勝負で稼いだ金を、食うや食わずの子供や病の子供らのためにも使うておりました」

「ふむ。承知しておる。鬼面の裏には、仏の顔か」

「自分が苦しんだ地獄を、これからの子供には味わわせたくない。そう申してました。ご公儀が後押しすべき事案と存じます」

「なるほど、心しておこう」

　遠山は真顔で頷くと、ひらひらと桜吹雪が何処かから舞ってきた。ふと見上げる遠

山に向かって、

「お奉行。一肌脱いで、相撲を取りますか。ここなら、誰も見てませんよ。見事な遠山桜の桜吹雪を」

と微笑みかけた。

「よせやい……俺が勝つに決まってる」

照れ笑いをする遠山を、和馬もまた嬉しそうに頷き返すのであった。

第四話　笑門来河豚《しょうもんらいふぐ》

一

深川富岡八幡宮の横手にある小さな路地に、ねずみ長屋と呼ばれる小汚い裏店《うらだな》がある。

溝《どぶ》が澱《よど》んでいて、ねずみが多いから、その名がついた。奥まった所にある厠《かわや》から出る汚物が地中に染みついていて、夏になると臭くてしょうがない。ねずみが走るのが見えて気持ちが悪いのだが、〝住めば都〟。六畳一間に小さな竈《かまど》がある土間っきりの部屋だが、八部屋あって、身寄りのない年寄りやあまり稼ぎのない職人らが住んでいた。

木戸口の脇にあるのが、家主……つまり長屋の大家の部屋だった。

地主はもちろん、別にいる。日本橋や京橋《きょうばし》に、幾つもの店や料理屋を持っていて、商売人に貸しているのである。左団扇《ひだりうちわ》で気楽そうな感じだが、地主は地主で苦労があって、幕府に払う冥加金《みょうがきん》を始め、土木、防犯、防災、水道、下水道などの修繕、塵芥《じんかい》のことから町内の祝儀《しゅうぎ》不祝儀《ぶしゅうぎ》まで、色々と面倒を見るので、思いの外、金がかかるのである。

その代理をするのが大家で、長屋の住人を選定する〝特権〟もあるが、これは五人組など連座制の江戸時代にあっては、大切な役割であった。なにしろ、同じ長屋から咎人《とがにん》が出れば、下手《へた》すれば、何もしていなくても入牢や所払いになる。

――近所の者をしかと見守っていなかった罪。

というところか。だが、そのお陰で、庶民は概《おおむ》ね犯罪とは縁《えん》がなかった。ゆえに大家も暢気《のんき》な家業だったのである。

ねずみ長屋の大家も例に漏れず、一日中、ぷらぷらしているのだが、歩きながら独り言をブツブツ言っているから、知らない人が聞いたら、気色《きしょく》悪くて仕方がない。しかし、これには訳があった。

実は、この大家、本業は『噺家《はなしか》』なのである。つまり、落語家だ。

文化文政《ぶんかぶんせい》の頃は、江戸市中の各町内には湯屋《ゆや》と寄席《よせ》は必ずあるというくらいの数で、二百五十軒ともいわれていた。が、天保の今日、水野忠邦《みずのただくに》の改革の煽りで、寄席はわずか十五軒。しかも、神道《しんとう》の講釈や軍記物、心学《しんがく》、昔話に限って営業を許すというものので、およそ落語とはいえなかった。

だから、料亭や船宿の座敷、寺社境内などを借りて、話をしていた。元々は坊主の辻噺《つじばなし》から始まったのが落語だから、噺家たちはどこで演《や》ろうが平気だったが、長屋噺や泥棒噺、与太《よた》噺、人情噺がせいぜいで、「目黒《めぐろ》のさんま」や「妾馬《めかうま》」のような武家を扱ったものを演目にするのは憚《はばか》られた。

安楽亭策伝《あんらくていさくでん》──戦国時代の僧侶で、落語家の始祖といわれた人物そのものを名乗っている。

町内のみならず、江戸で知らない者はないほどの人気の噺家である。にも拘《かか》わらず、貧乏長屋に住んでいるのは、ひたすら〝飲む〟〝打つ〟〝買う〟を続けている上に、四人の弟子《でし》を食わせるために、金がなくなっていくからである。空海《くうかい》という内《うち》弟子がいるが、最澄《さいちょう》、道元《どうげん》、親鸞《しんらん》ら他は通いの弟子で、師匠よりも綺麗な長屋に住んでいた。なんとも罰当たりな芸名を付けたものだ。

千晶は策伝の所に三日に一度は訪ねてきて、肩揉みやツボ押しをしては、ちょっとした噺を聞かせてもらっている。弟子の空海が、両国橋東詰の船宿『貴船《きせん》』で落語会を開いたのがキッカケで、策伝にもお目にかかることができたのだが、

「そりゃ、噺家だもの、吉右衛門さんの冗談なんかとは較べもんにならないくらい面白いに決まってるじゃない」

と、千晶は『貴船』に来ては、安楽亭策伝の噺を耳元で聞くことを自慢している。五十を過ぎてから、声に渋みが出てきたので、「文七元結《ぶんしちもっとい》」や「ねずみ穴《あな》」「ちきり伊《い》勢《せ》屋《や》」のような泣かせ噺もズンと臓腑に染みわたってなかなかよい、との評判だ。

だが酒にまた酒を重ねて、前後不覚になるくらいに飲んでしまうから、

「師匠。ちゃんと節制しなきゃダメだよ。第一、行灯《あんどん》をつけっ放しじゃ……勿体《もったい》ない？　そうじゃないよ、火事になるからだよ。このところ米も高くなったからさ、気をつけなきゃいけませんよ」

まるで実の娘のように世話を焼いて帰るのである。策伝の方も、千晶のことを可愛らしい奴だと思っているようで、時々、揉み代を奮発するのだが、せいぜいが三十文。身分の高い武家や大店の旦那だったら、一分や二分……多い時なら一両をポンとくれることもある。

だから、策伝からはほとんど貰わなかった。その代わり、噺を聞く。今日も、『子《こ》褒《ほ》め』をしてもらった。前座噺《ぜんざ》である。普段口の悪い奴が奢《おご》ってもらいたい一心で、生まれたばかりの赤ん坊を褒めようとするのだが裏目ばかりが出て……という与太話

だが、策伝がやると味わい深いものになるから不思議だ。

「じゃあね。また来るね」

と別れたその夜のことだった。

数町ばかり離れた俗称相撲寺、高野山真言宗《こうやさんしんごんしゅう》縁《ゆか》りの萬徳院《まんとくいん》の近くを通りかかった時である。ガタッという物音に、千晶は足を止めた。

怪訝《けげん》に覗いて見ると、路地に置いてある屋台の葦簾《よしず》の隙間越しに、男が二人揉み合っているのが見えた。二人とも商人ふうの羽織姿である。お互い声を殺してはいるが、激しい憤りであることはその息吹《いぶき》で分かる。

しばらく、摑み合っていたが、ウッと呻《うめ》き声があって、痩せた方の男が崩れた。わずかに差し込む月明かりで、その男の胸に匕首《あいくち》が突き立っているのが浮かんだ。

「――!?」

千晶は自分の口を押さえるのが精一杯だった。だが、その息吹を感じたのであろう。刺した方の恰幅のよい男がハッと振り向いて、一歩二歩、近づいてきている。千晶は目を凝らしたが、声にならず棒立ちになっていた。

そして、塀の影に覆われていた男の顔が月明かりに晒された時、千晶はハッと息を呑み込んだ。

よく知っている顔だったからである。

相手からは屋台が邪魔になって見えないようだ。眉間に皺《しわ》を寄せ目を細めて、誰かいるのかと探っている様子だった。

その時、誰かが来る気配がした。実に楽しそうな男たちの声がする。

——ああ、助かった。

と、千晶が思った瞬間、もう一人、奥にいた誰かが、「まずい」と声を洩らすと、匕首を抜き取って踵《きびす》を返し、素早く路地の奥の方へ駆け出した。

立ち尽くしている千晶に、背中から声がかかった。

「どうした、娘さん」

その声に振り返ると、二人連れの男は、高山和馬と吉右衛門だった。さらに一緒にいたのは、『貴船』の女将《おかみ》お蔦《つた》である。知り合いの法事に出た帰りだったのだ。

「——なんだ、和馬様か……」

千晶は和馬にしなだれかかるように倒れ込んだ。顔面蒼白《そうはく》だ。

「何があったのだ」

と訊く前に、お蔦が路地に倒れている男を指さして悲鳴を上げた。匕首を抜いたせいで、地面に血が流れて黒ずんでいるのだ。

和馬は、千晶の身を吉右衛門に預けて、痩せた男に駆け寄った。既《すで》に絶命している。心の臓を一思いに一突きというやつだ。

「千晶……おまえ、まさか……」

「わ、私じゃない……」

「そんな事は分かってるよ。見たのか、この男を刺したのを」

千晶は震えながら小さく頷いた。よほどの衝撃だったのであろう。千晶は、海千山千の野郎どもを何人も相手にしてきた娘で、目の前での刃傷沙汰も経験しているが、それでも堪えられぬほどの怖さだったのだ。

「あら……？」

怖々と顔を覗き込んだお蔦は、倒れている男のことを知っているようだった。

「『越前屋《えちぜんや》』……！　和馬の旦那、この人、米問屋の『越前屋』さんですよ。ほら、この米の高い折に、安売りをしている」

「ああ。あの『越前屋』か……たしか本材木町《ほんざいもくちょう》の」

「――ええ」

「千晶。おまえ、下手人《げしゅにん》を見たな？」

ハッとなって後ずさりする千晶は、今度は小さく首を振った。

「見てないのか？　ほんとは見たんだな。大丈夫だ。俺が守ってやる。言ってみな」

「こ……この辺りに、火傷《やけど》の痕があって……鼻の脇に大きな黒子《ほくろ》が……」

「分かった。後は俺に任せろ」

そっと肩を抱いてやった和馬は、

「吉右衛門。今夜はうちで預かってくれ。今宵は名月だ。もしかしたら、千晶の方も見られたかもしれぬからな」

「でございますね。はい承知しました」

異様に震える千晶を慰めるように、しっかり手を握ったお蔦は、その冷たさにたじろぐほどであった。

いつもとはまったく違う様子の千晶に、吉右衛門も何事かと案じていた。

二

その翌朝——早速、人相書が江戸市中にある四十数ヶ所の高札《こうさつ》に張り出された。
その甲斐があって、すぐさま色々な声が寄せられた。北町同心の古味覚三郎と岡っ引の熊公が乗り込んだのは、富岡八幡宮裏にある場末の矢場だった。

弓矢を握ったままギラリと嫌らしい目つきで振り返ったのは、まさしく人相書の男だった。左頬の火傷痕に鼻の脇の黒子。見事なまでに一致している。

「弥平次《やへいじ》だな。この辺りを根城にしてる遊び人、黒駒《くろこま》の弥平次」

「なんでえ。同心になんざ、用はねえぜ」

「そっちがなくても、こっちにはある。神妙に縛《ばく》につけ。米問屋『越前屋』が主、喜《き》兵衛《へえ》を殺したのはおまえだな」

「な、なんだと⁉」

熊公がビシッと縄を両手で構えるのへ、

「ふざけるな。俺が何をしたッてんだ」

「構わぬ。しょっ引け」

驚いた弥平次はとっさに手にしていた弓矢を向けてから投げつけ、逃げようとしたが、古味は刀を鞘ごと抜いて、相手の向こう臑《ずね》を打ちつけた。わっと倒れるのへ、熊公が組みつく。

「ま、待てよ！　何もしてねえ者に縄を掛けるのか、てめえら！」

「黙れ！　言い訳なら、お白洲でしろッ」

古味は、さらに暴れようとする弥平次の肩をビシッと押さえた。

すぐさま近くの大番屋に連れ込まれた弥平次の前に、古味はドンと胡座《あぐら》をかいた。

自身番と違って、大番屋は与力が予審をするような所である。江戸で八ヶ所しかない。ゆえにふつうは大がかりな捕り物の後に、下手人を逃がさぬよう町方の廻り中《ちゅう》間《げん》や岡っ引が大番屋を物々しく取り囲んでいる。小さなお白洲もあって、そこに座らされた者は嫌でもお上の威圧を感じさせられる。飾りではなく、石抱きや海老吊りなどの拷問道具も置かれているからである。

古味が追及しても、縄で縛られたままの弥平次は必死に体を振って、

「『越前屋』なんて会ったこともねえや。冗談じゃねえですぜ！　なんで、会ったこともねえ奴を殺さなきゃならねえんだ！」

「だったら、なんで、弓矢を俺に向けたりしたんだ」

と古味は言った。岡っ引の熊公も入り口の所に立ったまま見守っている。

「どうして、逃げようとした」

「そ、それは……あっしらみてえなもんは、何となくお役人が苦手《にがて》で」

「しかしな、おまえが『越前屋』を刺したのを、しかと見た者がおるのだ」

「ええッ!?　そんなバカなことが……」

愕然となるが思い直したように大声を張り上げて、

「ふざけんな！　俺は人殺しなんざしてねえぞ！　だったら、その見たって奴を連れてこい！」

「案ずるな。このお白洲をどっかからちゃんと見ておる。確かめるためにな」

弥平次は辺りを振り返り、天井まで見上げたが、覗かれているのは分からない。白洲の両側には、互い違いに板をずらした壁がある。白洲からは一枚板にしか見えないが、隙間が斜めに作られていて、下手人の顔がよく見えるように細工されているのだ。

千晶は、大番屋の番人に付き添われて、そこから見ていた。すぐさま、弥平次のもとに番人が擦り寄って、耳元に何やら囁いた。

「――見た者の話では、おまえに間違いないそうだ」

「なんだと……！」

弥平次は見えない〝目撃者〟に向かって乱暴に叫んだ。

「ふざけんな、このやろう！　てめえ、俺に何の怨みがあって大嘘をつきやがるんだ。エッ、顔を出しやがれ、このやろう！」

「控えろ弥平次！　そんな奴だから、見た者の身元をバラす訳にゃいかねえんだよ」

古味が腹の底から、鋭い気合の声を発した。一瞬、首を引っ込めた弥平次は俄《にわか》に情けない声になって、

「誰だか知らねえが、そいつは頭がどうかしてるんだよ、古味の旦那……でなきゃ、そんな出鱈目《でたらめ》な話をするはずが……誰かが俺を陥《おとしい》れるために……きっと、そうですよ」

「いや。殺しを見た者は、おまえの顔を見たのは、ゆうべが初めてだと言ってるんだ。おまえの事を知っていて貶《おとし》めるとは思えねえ」

「…………」

「よほど恐かったから、おまえの顔を焼きつけてるんだろうよ」

「ちょ、ちょっと待って下さいよ」

と弥平次は勢い込んで、

「ゆうべ……ゆうべ初めてとおっしゃいましたね」

「ああ」

「あはは。だったら、話は早え。ゆうべなら、何人もの奴らとある所にいやしたぜ！深川なんざ行きたくても、行けやせんや。へい。馴染みの女の所に一晩中……へへ、そりゃ、放してくれなくって」

と、つけられた口吸いの痕や爪の痕を見てくれと実に嬉しそうな顔で言った。

早速、古味が裏を取ると、弥平次が矢場の女とシケ込んでいた出合茶屋が分かった。

お福《ふく》というのが、その矢場女だが、

「はい。弥平次さんなら、ずっと一晩中、一緒でしたよ」

と答えた。だが、自分の女の証言なんぞは当てにならない。幾らでも嘘をつける。他に証人がいないかと尋ねると、お福は恥ずかしそうに俯《うつむ》いた。

「――いますよ。でも、本当の事を話してくれるか、どうか……」

「どういうことだい」

「ええ、実は……」

お福が話したのは、三組の男女が一緒に寝床でまぐわった、ということである。自分の相手を他の男にいたぶられるのを見ると殿方は異様に興奮するそうで、実に艶《なま》めかしい一晩を過ごしたというのだ。

古味は呆れて開いた口が塞《ふさ》がらなかった。

「とにかく……その他の〝仲良し〟も教えてもらおうか。ただし、みんなが口裏を合わせてることが後で分かったら、叩きや所払いのお仕置きでは済まぬぞ。事は人殺しなんだ。おまえたちも、色っぽい仲間ではなくて、殺しの仲間になることをよく覚えておけ」

しかし――古味と熊公らの緻密な探索の甲斐もなく、いや甲斐あって、弥平次は殺しの刻限には、深川の相撲寺の近くになんぞ行っていないということが明らかになった。

弥平次は、そのまま大番屋から解き放たれ、肩で風を切って出たのはいいが、

「――てめえら、覚えてろよ。間違いでしたッで済むか、このやろう」

と悪態をついて立ち去った。いずれ出鱈目を言った奴を見つけ出して、ぶっ殺してやるとまで乱暴な言葉を吐いた。なかなか苛立ちが収まらないようだった。

証人が五人もいれば、奉行所の方も、弥平次ではないと認めざるを得なかった。

その話を古味から聞いた和馬は、吉右衛門に話して、

「なんだか妙だと思わぬか……気になるのは、千晶の証言だ」

千晶はもう深川診療所に帰って、いつものように産婆や骨接ぎの仕事をしているが、和馬も吉右衛門も、昨夜の千晶の様子は尋常ではないと感づいていた。

もちろん、思いがけず人殺しを見たのだから、衝撃を受けるのは当然だが、千晶は意外と冷静な女だ。にも拘わらず、その辺の小娘のような態度だったことが、どうにも腑に落ちなかったのである。

同じ思いは『貴船』の女将にもあったようで、ふたりして訪ねてみた。夕暮れから宵闇に移ろう紫の川面を眺めながら、お蔦が運んできたばかりの海老《えび》のかき揚げをつ

まんで、灘《なだ》の下り酒を舐めた。

「やはり、美味《うま》いですなあ……和馬様もたまには晩酌にどうです」

「いや、俺はすぐに寝てしまうし、気持ち悪くなるからいい」

「さいですか。人生、無駄に過ごしてますなあ」

「酒飲みの方が無駄な金と時を使ってる気がするがな……ところで、女将も見たとおり、千晶が見間違えたとも思えぬのだ。あの場で見たばかりだったのだからな」

話を振られて、お蔦はどう答えてよいか分からなかった。この船宿は落語会で立ち寄っているが、小普請組の宴会でも使う店で、少しばかり年増だが、お蔦は吉右衛門好みのサバサバしたいい女である。

「ええ。でも……」

「でもなんだい」

「私にはよく分からないけど、あの時の千晶さん、なんだか変だった」

「そりゃ、あんな恐いものを見たんだ。おかしくなって当たり前だろう」

と和馬が敢えて訊き返すと、

「そうじゃなくて……違う驚きに感じたのよ。つまり殺しを目の当たりにした怖さではなくて、誰かを見た驚き、というのかしら……うまく言えないけれど、なんだか驚き方が違ってた気がするの……女の勘《かん》としか言いようがないわね」

「誰かを見た驚き？　じゃ、女将は、千晶は弥平次ではなくて、違う奴を見たとでも言うのかい」

「ええ。女の勘……てとこかしら」

「――千晶が嘘を言うような女には思えないがな」

「まあ、そうだけれど……」

「とにかく、その謎を解かぬ限り、この事件は解決しないかもしれないなあ」

和馬が対岸の見えなくなった隅田川のゆるやかな風を頬に浴びていると、吉右衛門が「もう一杯いいですかな」とねだってから、

「千晶のことは、ともかくですな……殺されたのは、今時、珍しく安売りを奨励していた米問屋の『越前屋』です。ひょっとしたら、その裏に何かあるのかもしれませんねえ」

「裏に……」

「女将さんだって、米が高いから商売上がったりだって言ってたじゃないですか。弥平次が下手人ではないとしてですよ、千晶の見間違いではないとすると、似たような奴が『越前屋』の周りにいるのかもしれないしねえ」

吉右衛門の話を聞きながら、御用の筋でもないのに、和馬は千晶のことゆえ少し気になっていた。丁度、隅田川が闇に溶け込んでゆくように、事件の行方が怪しくなってきた。

三

数日後、千晶が〝整体〟をするために、ねずみ長屋を訪れた日は、あいにくの雨だった。鬱陶《うっとう》しくて、なんだか異様に臭い。

「師匠……首や肩を揉まれてえらく気持ちよさそうな顔だけれど、鼻が痛くならない？」

「分からねえ。慣れは恐いねえ」

「今日は、寄席に行かないのですか」

「雨だからなあ……」

「でも、お客さんが待ってますよ。わざわざ寄席まで来てくれるんだから、ちゃんと行かないと」

「こんな足場の悪い時に俺の話なんざ聞きに来る奴は……」

その時、弟子の空海が駆け込んできた。

子供のように小柄で、手足も細いが、偉大な空海を拝命している。安物の着物をはしょっているが、裸足の足はわざと水たまりを踏んできたとしか思えないように弾け飛んだ泥がついていた。

「早く来て下さいよ、師匠。最澄兄さんが長い話をして繋いでんですから、早く早く。師匠が来ねえと、またぞろ客たちが大暴れしますから」

「そうかい？　だったら、しょうがねえなあ」

とようやく腰を上げた。少々、勿体つけるところが、策伝の癖で、

「俺なんざ、行っても行かなくても同じだろう？」

という科白《せりふ》を毎度毎度、言っているが、弟子たちが、「真打ち登場！」と声を揃えて叫ぶと、嫌々、舞台に出るのである。

しかし、舞台に出たとたん、まるで辺りがパッと明るくなったように華やぐ。持って生まれたおかしみを、〝ふら〟があるというが、まさに策伝は、ふらがあった。もっとも当人に言わせれば、

――それも計算尽く。

だそうである。そうと感じさせないところが、やはり当代一の苦労芸なのであろう。

策伝が出た高座は、富岡八幡宮奥の院にある『来福亭《らいふくてい》』であった。丁度《ちょうど》、永代寺の本堂奥にあたる所で、芝居小屋、見世物小屋、からくり屋敷などがあって遊興の人々で賑わっている。瀟々《しょうしょう》と降る雨にも拘わらず、大勢の人でごった返している。まるで傘の花が咲き乱れているようだ。

「こんな雨の日に来るんだから、よっぽど暇な野郎ばかりなんだろうなあ」

と開口一番、策伝が言っても、からかわれた方はドッと喜んで笑う。日頃の憂さを晴らしたいと思ってきているのだ。笑わなければ損とばかりに、客の反応はよかった。

もっとも、下手な芸人ならば態度は冷たく、ヤジが飛んでくることもある。『来福亭』も例に洩れず、二階の座敷が客席である。入り口で下駄を預けると、百五十人も入れば一杯の畳敷きにギュウギュウに詰め込まれる。

三尺の高さで奥行きが三尺弱の高座で、策伝は扇子《せんす》と手拭いだけで〝枕〟から入る。

「──あたしゃこれでも長屋の大家でしてね、ええ、店賃《たなちん》で左団扇で暮らせるはずなんだが、店子《たなこ》ってなあ子も同然。どこの親に家賃なんぞを払ってる子供がいるんだと、一文も払やしねえ……代わりに持ってくるのが、大体が酒だ。ま、いいや、酒でもねえよりマシだと飲もうとしたら、夏風邪引いてたんで、燗《かん》にしようと思ってよ、湯に浸けておいたら……ハッと目が覚めちまった。店賃代わりの酒も夢だったんだな……

なんでえ、そんなことなら冷やのまま飲んでりゃ良かった……酒といや、鍋だ。鍋も河豚《ふぐ》がいいやね。河豚といや刺身、唐揚げ……」

と食い物の話に繋げてゆくのだが、そこからが十八番《おはこ》『笑門来河豚《しょうもんらいふぐ》』という落とし噺の本題である。

笑っている家には福がくるという諺《ことわざ》を、河豚を持ってきてくれると勘違いした与太郎《よたろう》が、河豚食いたさに一生懸命家人を笑わせるのだが、ちっともこない。しまいには腹が立って、近所を巻き込んで大喧嘩になり、隣人が鉄砲を持ってくる騒動になる。

鉄砲玉に当たりそうになって、

「いやあ、キモが冷えた」

とオチる噺である。話の内容や展開よりも、策伝の所作が面白い。

落語は聞くものではなく、見るものだというが、仕草と表情が命である。扇子と手拭いは、煙管《きせる》や筆、棒、財布や帳面、巾着《きんちゃく》など何にでも化ける。動作ひとつで武家にも職人にも年寄りにも子供にも見える。名作といわれる『百年目《ひゃくねんめ》』の次くらいに、様々な人々が登場するから演じ分けるのが難しいが、さすがは長屋の大家である。色々な役を面白可笑しく見せるのだ。

もちろん、その客席の片隅には、千晶も膝を立てるようにして観ていた。客席の笑いがやがて熱気に代わるのが分かる。一時、先日の恐いモノを見たことを忘れた。

だが、その帰り道のことである。

寄席を出たところに、弥平次が傘もささずに立っていた。一瞬、ドキンと立ち止まった千晶を、弥平次は射るように見ている。

「！……」

千晶が傘を開いて、路地を擦《す》り抜けようとするとニタリと笑って、

「おまえだったんだ……なあ」

と弥平次は意味ありげにゾッとするような冷たい目で囁いた。

「深川診療所の偉い先生のところで産婆や骨接ぎをしてるとか。あの小娘がよ、大したもんだぜ、ええ」

嘗めるように見る弥平次だが、千晶は振り返りもせず、逃げるように立ち去った。

その背中に、

「今度は俺の腰を診てもらいに行くぜ」

と弥平次はわざとらしく声をかけた。

それから、さらに三日経った夜、ねずみ長屋を訪れた千晶はまた、策伝の背中をせっせと揉んでいた。毎日、あちこちの寄席を歩いて、多いときは日に四演目か五演目

もやるから、かなり疲れているようだ。

ひとしきりツボを押さえたとき、長屋の表に、ぶらりと弥平次が立った。開けはなったままの障子戸の表に立って、煙管の雁首《がんくび》に刻み煙草を詰めながらニタニタと笑っている。

「――また、あんたか。いい加減にしてくれねえかな」

と、千晶に背中を跨《また》がれたままの姿勢で、策伝が言った。見ようによっては、艶やかな姿である。弥平次は千晶に向かって、

「えらく色っぽくなったじゃねえか。噂に聞いたが、爺《じじ》イ殺しだってな。高山家のご隠居やらもご執心らしいな」

千晶は弥平次が現れたことに驚いたようで、啞然と見ていたが、策伝の話では昨日も一昨日も長屋を訪ねてきては、金を無心していたらしい。

実は、弥平次は自分をお上に訴え出た奴が誰かと執拗に探していたのである。米問屋の『越前屋』が殺された刻限に、その場を通った奴はそう多くはおるまい。白洲でも明らかになったように、たまさか小普請組旗本の高山和馬が通ったことも含めて調べていると、『貴船』の女将も一緒だと分かり、そこに探りを入れた上で、相撲寺近辺の者を当たっていたところ、千晶に行き着いたのだ。

「──まさか、おまえとは思わなかったぜ、千晶」

と、千晶のことを知っている口ぶりで言った。だから、弥平次は自分が殺しの下手人に仕立てられた腹いせに、千晶に近づいてきたのである。しかも本人ではなくて、千晶が大事にしている人を脅すという嫌らしい方法で。

「なあ、弥平次とやら。千晶が間違ったことを言ったようだが、他人の空似《そらに》ということもある。もう勘弁してやってもらいたい」

と策伝が起き上がって言うと、カチンときた弥平次は、土足《どそく》で上がってくるなり、策伝の胸ぐらを摑んで怒声を浴びせた。

「ふざけるな！　俺ア人殺しにされかかったんだ。危うく首を刎《は》ねられるとこだったんだよ！　あんな端金《はしたがね》で済むか！」

と顔を突き出し袖を捲り上げた。その腕には入れ墨が二本ある。そして、袖をふらふらと振りながら、

「よう。せめて、こいつが風が吹いても靡《なび》かねえように、な……分かるだろ？」

吐息と一緒に起きあがった策伝は、財布を取り出して、そのまま弥平次の懐に入れようとした。すると、千晶はその手を摑んで、

「師匠。やめて下さい。こんな人にお金を渡すことなんかありません。そもそも師匠

は患者さん。そんなことする必要がないわ」

「何だと、このアマ⁉」

激情を露わにした弥平次に、千晶は気丈に顔をつきつけて、

「師匠には関わりのないこと。金が欲しいなら私に言いなさい！　それとも私に言うと強請《ゆすり》たかりで訴え出られるばかりでなく、旧悪もバレるから恐れてるのかい？」

「おいッ。これで済まそうたって、そうは問屋が卸さねえぞ！」

と、千晶の喉元に手をかけて壁に押しつけた時、ぐいとその手首を掴んで捻《ひね》り上げたのは、策伝だった。

「金はやる。十両は入ってる。これ以上、無理無体をやると言うなら、この腕をへし折った上で、お上に突き出してもいいんだぜ。お解き放ちになったんだから大人しくしてた方が身のためだ。でねえと、てめえの足元から地獄の釜の蓋が開くことになるぜ」

誰にも見せたことのないような凄みのある顔だ。こんな策伝の姿には、千晶も驚いた。弥平次はイテテと声を上擦《うわず》らせて、

「お、俺はただ……この娘が俺を誰と間違えたか知りたかっただけで、痛い痛い……」

「今度は、そいつを探し出して、殺しを見たとでも言って脅すつもりかい」

「め、めっそうもねえ……」

騒ぎを聞いたのか、長屋からぞろぞろと人が出てきた。中には傘張り浪人もいて、腕には自信があるようだから、大家が売られた喧嘩なら、店子の俺が買うぜと腰の刀に手をあてがった。とたん、弥平次は情けない声で、

「か、勘弁してくれ……でも、これだけは貰ってくぜ」

と財布を引ったくると、飛んで出ていった。

浪人たちが怒鳴って尾《つ》けようとすると、

「いい、いい。よほど金に困ってたんだろうよ」

と策伝は深追いするなと宥《なだ》めた。

キョトンと見ている千晶に、策伝はいつものような微笑を返して、

「さ、続きをやってもらおうかな」

「――師匠、ほんとはお強いんですね」

「そんなことねえよ。キンタマ縮み上がってらあな」

と床にうつ伏せになると、浪人者が苦笑して言った。

「策伝師匠は関口流柔術《せきぐちりゆうじゆうじゆつ》の達人だ。その昔は遠山様直々《じきじき》に御用札を貰って、捕り

物をしていた人なのだ。だから、大家が務まる」

「えっ、そうなんですか」

千晶はまたまた驚いて目を見開いた。

家主には誰でもなれる訳ではない。まず〝大家株〟が要る。数十両もする高いものだ。金にモノを言わせて買っても、町名主らに信頼されていなければなれない。それほどに、策伝は高座では、バカを装って人を笑わせているが、いかに人様《ひとさま》に信頼されているかということを、千晶は知らなかった。その事を恥じて謝《あやま》った。

「何も謝ることアねえやな」

と策伝はにっこり笑ってから浪人を叱りつけるように、

「余計な事を言うなバカ。だから、いつまでたっても仕官できねえんだよ。ヤットウの腕は買うが、ベラベラ喋る奴は信頼できねえ」

「喋って稼いでるのは何処の誰ですかねえ」

浪人はそう言うと、大笑いして部屋に戻った。

策伝の話もおかしいが、ねずみ長屋もまた不思議な所だ。ドがつくほど貧乏なのに、十両も泥棒に追い銭のようにやる策伝は一体、どういう人なのかと、千晶は改めて面白く感じていた。

四

弥平次が死体となって見つかったのは、その翌日のことだった。

ねぐらにしている矢場女の長屋の近くに永代寺裏墓地があって、その一角にある大きな銀杏《いちょう》の木にぶら下がって死んでいたのだ。足元には倒れた踏み台と履き物があって、帯には『遺書』が挟まれていた。

その報は、熊公によって、近所の者たちと昼餉を取っていた和馬のもとにすぐさま伝えられた。煮穴子《にあなご》や煮はまぐり、それからコハダやシャコの鮨《すし》を、岩海苔《いわのり》がタップリ入った潮汁《うしおじる》と一緒に味わっていた。吉右衛門が腕によりをかけて作ったものである。折角の美味い鮨を握り潰されたような気分だった。

「――下手人を解き放った上に、自害されるとは、町奉行所としては大失態だと、古味様も上から叱られておるようですぜ」

と熊公が気を使うと、和馬はあっさりと、

「自害なんざ、してないのではないか、弥平次は」

「え？　旦那はもう知ってたのでしたかい」

「ここには、色々な噂が真っ先に飛んでくるんだよ」

「ですが、『越前屋は自分がやったことだ』と書き置きがありやしたが」

「どうせ出鱈目だろうな。ちゃんと弥平次の筆跡《て》かどうか確かめた方がいいぞ。奴はミミズ文字しか書けないらしいしな」

「そうなのですか……」

　熊公はすぐに和馬の言うことに納得したように頷いて、

「なるほど。たしかに、疑いが晴れた者が、自害するのは妙な話でやすね」

「どうして殺されたかは分からないが……おそらく、弥平次はどこかで、本当の下手人を嗅ぎつけて、千晶にそうしたように脅しをかけた。だから、弥平次に罪を押しつけて殺した……のかもしれぬな」

「てことは、和馬の旦那は、やはり、千晶の見間違いか……あるいは、わざと嘘をついたと思ってんでやすね？」

「——千晶を悪くは思いたくねえが、そういうこったな」

　と和馬は深い溜息をついた。

「熊公、おまえも知ってのとおり、俺は別口で下手人を洗ってた。殺された『越前屋』の周りには、怪しい奴が何人かいた。どうやら、町方の追及が近くまで来たと察して、慌てて弥平次のせいにして殺したに違いあるまい……可哀想《かわいそう》だが、弥平次は欲をかいて、自分の首を絞めることになったのだな」

「――へ、へえ……」

しかし、その大元を作ったのが、千晶の嘘だとしたら、熊公は釈然としない思いに駆られたが、和馬の気持ちも察して黙っていた。和馬もその場に遭遇したのだ。その時、きちんと確認しておれば、すんなり片付いた事件だったかもしれない。そう己を責めていたからだ。

和馬はいつものように、深川診療所まで千晶を訪ねて、腰から肩にかけて無数にあるツボを押さえてもらった。ふだん握ると、キャシャな指だが、背中に当たる時にはぶっとい杖のように感じる。

境内の一角に、風車のオバケのようなものがゆっくり回っている。風が強い時には、もっと早く動いて、それが複雑な滑車《かっしゃ》に繋がって、火付け棒が擦《こす》れあって熱を出す。その熱で、温めた湯が冷めにくいような仕組みになっている。ゆえに火を落とした夜中でも、すぐに白湯《さゆ》を飲めるという。藪坂先生も粋な発明をするものだ。

もっとも、大がかりな仕掛けの割には大した効果はなく、しかも立て付けが悪いのでギシギシと軋む音がうるさくて、患者たちはうるさがっている。

「人の心も風車と同じだ。風がなければ回らぬ。目には見えない風が、ものを動かす力があるように、心には風がある。それが世間の風ってものだ。頑《かたく》なに回ろうとしない風車は、世間の風も読めぬ」

「えっ……？」

「藪坂先生が言ってたんだよ……とにかく、嘘はいけない。嘘は人を貶めたり、悲しい思いにさせる。もっとも、策伝のような大嘘話は楽しくさせるがな」

和馬が訥々《とつとつ》と話していると、背中の指が止まった。

「──『越前屋』殺しは自分がやったという書き置きを残して弥平次は死んだよ」

すでに千晶も知っているようだった。

「多分、本当の下手人が是幸《これ》いと殺した。俺はそう睨んでる」

「…………」

「どうなんだ、千晶。ほんとに弥平次が刺すところを見たのか？　奴は凶器だって持ってなかった。おまえがほんとに見たのは、他の誰かではないのか」

千晶は和馬の背中から離れた。和馬はうつ伏せになったまま、

「おまえは誰かを庇いたかった。だから、とっさに弥平次の顔を俺に言ったのではないのか。弥平次とおまえの関わりは知らぬがな」

「違いますよッ。私は見たんです、あの弥平次をね」

「古味や熊公はあちこち調べ廻ってるぞ。『越前屋』の周辺も含めてな……でも、弥平次とは糸の一本も繋がってないいんだとよ。俺が言ってること、分かるだろ？　弥平次は自分が殺したと認めて死んだのではない……」

「分かりませんよ！」

　千晶は少し苛立った声になって、

「私は見たままを言っただけです。どうして、和馬様はそんなふうに……」

「あの暗い夜道でかい？　俺だって人がいることすら、すぐには気づかなかった」

「月があんなに明るかったじゃないですか。和馬様も、すぐに見ましたよね、ご隠居さんも、お蔦さんも」

「千晶……」

「もう、いいです。信じてくれないなら、もういい」

　とサッと立ち上がった千晶は、振り返りもしないで廊下に飛び出した。そこには吉右衛門が立っていた。

「――私にも話せないことですか」

「ご隠居さん……」

「千晶が苦しんでいる顔は、あまり見たいものではありませんからねえ」

「ですから……私は正直に言っただけで……どうして信じてくれないのですか。お旗本も町方の旦那も、とどのつまり、お上は人のことを信じてないってことですか。もういいッ」

千晶は吉右衛門を避けるようにして、そのまま廊下に出ていった。その足音だけが、異様に大きく響いていた。

五

古味と熊公は半蔵門《はんぞうもん》外の麴町《こうじまち》、小笠原大膳《おがさわらだいぜん》という旗本屋敷を見張っていた。『越前屋』を探っていた和馬が目をつけたのである。

小笠原大膳は、勘定奉行のひとりで、米問屋組合の鑑札を発行する権限を持ち、米の値上がりや値崩れを調整する役職である。勘定奉行差配の米方同心を常に寄合に行かせて、不正がないか取り締まっている。

「高山様が睨んだってことは、間違いねえだろう。奴が何か悪さをしてるんだよ」

と古味と熊公が見ていると、小笠原の屋敷から、なんと吉右衛門が出てきた。古味が声をかけた。

「ご隠居……おまえさん、小笠原様と知り合いなのかい」

「ええ、まあ……和馬様の命《めい》で、なんとなく屋敷内に入って人の出入りを確かめていたのですがね、特になにも……」

　と吉右衛門は首を横に振った。

「なんだ。それじゃ、何にもならないじゃねえか」

　と小馬鹿にする古味に、吉右衛門は毅然と言った。

「相手が相手ですからねえ、こっちから動かないと相手は動きませんよ」

「はあ？」

「おや。何をボサーッとしてるのです。居合いでも柔術でもそうじゃないですか。まずは相手に踏み込ませる隙を見せる。そして、動いたところを見切って相手の力を利用して、流すなり倒すなりするのが武術ですよね。探索の駆け引きも同じだと思いますよ」

　古味は納得したような要領を得ないような顔になって、

「そうかもしれぬが、小笠原大膳のような大物旗本が出てきたとなると、ちょいと面倒だなあ……どうしようかなあ」

と、明らかに尻込みした。ジロリと見やる吉右衛門に、古味は手を振りながら、

「違う、違う。俺は諦めてるのではないぞ。策略を色々と考えてるのだ」

「でしょうねえ……で、小笠原ですがね、米を扱う小笠原大膳なら、米の買い占めを指示することも容易ではありませんかねえ。かねてから上がっている米の値は裏にカラクリがあるはずだと思いますが」

「買い占めねえ……実に分かりやすいやり方だな。殺された『越前屋』はそれに反対していた。だから狙われたのか……だが、殺しはいけない。なあ、ご隠居。そんな奴は上様に直訴して処刑してもらってくれないか」

「随分と乱暴な事を言いますねえ。探索を担う町方同心としてあるまじき言い草だ」

「それより、千晶だよ。あいつが何かをハッキリ見たから、敢えて嘘をついたんだろうよ。顔が分からなきゃ、分からないで済んだはずだ。それを、わざわざ違う事を言ったってことは……」

「ああ承知してますよ。でも、誰を見たか、ですねえ」

吉右衛門が答えると、熊公が口を挟んだ。

「――そうは言いやすがね、古味の旦那。千晶は口を割らねえと思いやすよ」

「なんだ。千晶のことなら、よく知ってる口ぶりじゃねえか」

吉右衛門が不思議そうに見やると、熊公は苦笑いで、

「いつも元気ハツラツなのに気になりやしてね。ちょいと……」

「熊公らしいや。調べたんだな」

「因果な商売で……」

熊公の顔色を見て、吉右衛門はどんよりと暗いものを感じて、

「千晶のことなら、大概《たいがい》、私も知ってますがねえ。偉いお殿様の娘でありながら、あちこち盥回《たらいまわ》しにされ、悲運な子供時代を過ごしてましたからねえ」

「へえ。苦労するために生まれてきたようなものだと、幼い頃を知ってる者はね……。小さな頃から、痛々しいあかぎれを作りながら、蜆《しじみ》を売ったり、豆腐を売って暮らしてたらしいんです。病《やまい》がちな母親の面倒を見るために。もっとも養母ですがね」

「……養父の父親《てておや》はいないのかい」

「千晶がまだ三つくらいの時に、出稼ぎ先の護岸かなんかの普請で事故に遭って死んだらしいですぜ。母親も四、五年前に亡くして、それからは……」

「だから、人が集まる賑やかな所に、いつも居たがったのかな」

吉右衛門は深い溜息をついた。

「生まれつき手先が器用だったんでやすね。近所の大人たちの肩を叩いたり足を揉ん

だりするうちに、〝いい筋をしてる〟と褒められて、それでちゃんと按摩《あんま》の先生について、学んだらしいです」

「ふむ……身寄りは誰もいないのかい」

「身寄りではありやせんが、昔、えらく世話になったという恩人がいるって話を、前に住んでいた長屋の者に聞きやした」

「恩人なあ……誰だい、それは」

「廻船問屋の『佐渡屋《さどや》』さんです」

「――『佐渡屋』……？」

吉右衛門が怪訝に首を傾げると、古味もアッと声を上げた。吉右衛門と熊公が不思議そうな顔になるのへ、古味が言った。

「小笠原大膳のことを調べていたら、チラチラと出てた名ですよね」

「ふむ……」

と吉右衛門が唸《うな》った時、小笠原大膳の屋敷から、いかにも人相の悪い髭面《ひげづら》の浪人者が数人出てきた。何を急いでいるのか、砂埃《すなぼこり》を立てて内堀の方へ駆けていった。

「古味の旦那、奴らを尾けてみなさい。熊公は、ここで休みながら張り込みを続けておくれ。私は『佐渡屋』にちょっと、様子を見に行きますかねえ」

吉右衛門が一方に歩き出すと、古味はフンと鼻を鳴らして、

「爺イ。俺たちを顎でこきつかってやがる。いい気なもんだ」

と文句を垂れるのだった。


『佐渡屋』は廻船問屋としてはさほど大きな店ではないが、日本橋久松町《ひさまつちょう》浜町堀《はまちょうぼり》の栄橋《さかえばし》の袂《たもと》にあって、大川《おおかわ》に出る艀《はしけ》を使うには便利な所にあった。

小普請組旗本の中間という、縁のない者が店に訪れてきたことに、主人の富左衛門《とみざえもん》は露骨に嫌な顔をした。人を見下《くだ》したような態度である。吉右衛門としても、商人にしては妙な違和感があった。

吉右衛門は深川診療所の千晶のことを話すと、

「えっ。私が恩人ですか……」

「ああ。詳しい話は私も知りませんがね、旦那に恩返しするのが生き甲斐だ、励みになるんだと周りの者にね」

ちらりと人を値踏みするように見て、『佐渡屋』は口ぶりだけは丁寧に、

「はてさて、私が恩人などと思われているとはねえ。たしかに、千晶という女骨接ぎ医というか按摩師には何度か来てもらったことがあるけれど、私は直《じか》にそんなことを

言われたことはありませんねえ」

「そうですか……では、ご存じない」

「いえ、ですから、顔は覚えてますが、恩人というのはねえ」

と首を傾げた富左衛門は、本当に知らぬようだった。

「しかし、どうしてご隠居様はそんな話を……わざわざしに来る訳でもあるのですか」

「千晶は真面目な女で、深川診療所でいずれ医者になるのが夢でしてな。あなたがいたからこそ、今の自分があると……」

「そんな大袈裟《おおげさ》な……本当は何か別の話があるのではありませんか？」

探るような目になった富左衛門に、吉右衛門は声をひそめて、

「そうなんです……実は私ね、おたくと取り引きがあるかどうか知らぬが、先日、米問屋の『越前屋』が殺されてましてな。下手人を見たので証言をしたのですが、その下手人が自害をして死んでしまったのです」

ギラリと向けた目は、明らかに何かを知っているという顔つきになった。却《かえ》って吉右衛門の方が驚くほどだった。

「──それが何か？」

「いや。おたくとは関わりはないのですが、そんな殺しを目の当たりにしたせいか、近頃めっきり塞いでしまってね。いつもの明るい千晶とは別人のようなのです。ええ、千晶も一緒に下手人を見たんですよ。ご主人が恩人と聞いたから、慰めのひとつでも言ってもらおうかと思ってね。そしたら、少しは元気になるかと」

「……ご隠居さんは、優しいんですな」

「それほどでもありません。千晶は私たちが可愛がっている孫娘も同然ですから、少しばかり心配になったものでね」

吉右衛門は『佐渡屋』を一目見たときから、何か隠し事をしていると感じていた。少し話しただけで、普通の奴ではないと確信した。人をじっと見て話しているが、その目の奥が見えない。吉右衛門が何十何百と見てきた極悪人の類《たぐ》いの眼光である。だから、千晶の話をしたことを後悔したくらいだ。

あくまでも覚えがないと言う『佐渡屋』を、吉右衛門は見つめていたが、得も言われぬ不安と焦りが込み上げてきた。

六

屋根船が『貴船』に帰ってきて、店の裏手にある掘割の船着場に横づけされた。手際よく、船頭の佐七《さしち》が艫綱《ともづな》を掛けて止めると、ほろ酔いの客たちが満足げなにこやかな顔で降りてくる。

星を映すだけの、宵闇に包まれた川面《かわも》もまた風情があってよい。

二階の窓辺から眺めていた和馬は、鼻先をひくひくさせた。でき立ての鯛《たい》の炊き込み飯をよそってくれるお蔦に、

「美味そうだな……やっぱり、鯛飯が一番いいやな。酒は飲めなくても、何杯でもいけて、第一、気持ちを落ち着かせてくれる。そこそこ、オコゲのところもちゃんと頼むぜ」

「はいはい、分かってますよ」

まるで姉さん女房のようによそいながら、

「それより、さっきの話ですが、和馬様。本当に……千晶ちゃんが庇《かば》ってるのは、『佐渡屋』さんなの？」

「吉右衛門の勘は外れた例《ためし》がない」

「和馬様は外してばかりですからね」

「おい……」

「冗談でございますよ。てことは、『佐渡屋』さんが、『越前屋』さんを……!?」

「――うむ。もし、そうなら偉い事になる。密かに、古味と熊公が千晶を護っているが、何かあってからでは遅いからな」

「吉右衛門さんがそこまで言うなら、何か証でもあるんでしょうねえ。『佐渡屋』さんは、うちとは付き合いはありませんが、商売の遣り手だという噂はありますよ」

数隻の持ち船を駆使して、北国廻りや西国廻りで諸国に色々な繋がりがある。米や木綿《もめん》のような大量の生産物ではなく、量は少なくとも各地の様々な特産物を扱っている。それを浅草や両国橋西詰や縁日などで店を広げる露天商に売って儲けているのだ。

「証ってほどではないが、『佐渡屋』の主人の素姓はいまひとつ分からないんだ」

和馬は遠山に対して、定町廻りはもちろん、隠密廻りにも協力を頼んで、『佐渡屋』のことを調べてみた方がよいと進言していた。

「番頭や手代などの奉公人は長続きしていない……というか、行方すら分からないし、『佐渡屋』の商売敵《がたき》は何人か不審な死を遂げているんだ。例えば、出入りしていた米問屋や絹問屋、乾物問屋などが病や事故で死んでる。そして、主人がいなくなったそれらの店は、買い取る形で、『佐渡屋』の傘下《さんか》に組み入れているんだよ」

「そんなことが……でも、『佐渡屋』の主人が手を下したって証は……」

「あればすぐにしょっ引いてるよ。そこで、千晶だ……」

と和馬は、最後に鯛飯に海苔や山葵《わさび》、木の芽などをチラして出汁《だし》をかけて、ずずっと流し込んだ。

「あいつが喋ってくれりゃ、それだけで引っ張れるンだがな」

さらに鯛飯をかき込む和馬の横顔を、お蔦はまじまじと見ながら、

「それにしても和馬様。こんな話をしながら、よく食べられますね」

「俺なんざマシだ。吉右衛門は大怪我した傷口を縫った後でも、無花果《いちじく》とかアッサリ食えるから、神経が分からねえ……はあ、うまそうだなあ」

と拝むような格好をして茶碗と箸を置いた。


その夜、千晶が何軒も仕事を終えたところへ、『佐渡屋』の手代が訪ねてきて、

「今から、旦那様の按摩をしに店まで一緒に来ておくれ」

と頼まれた。千晶は一瞬、ためらったが、政三《まさぞう》と名乗る手代は、半ば強引に連れて

いこうとした。

「——待て待て。嫌がる娘をどうしようというのだ」

近くの路地から見ていた古味がたまらず飛び出した。別の辻灯籠の陰からは、岡っ引の熊公が見ていたが、やはり転がるように駆け寄ってきた。手代は吃驚《びっくり》して、

「な、なんですか旦那方は」

「『佐渡屋』に連れていって、何をするつもりだ。もしや、口封じではあるまいな」

あまりにも直截《ちょくせつ》に言い過ぎたので、手代の政三は警戒するように身構えた。

「どうなのだ？　俺たちは、小笠原大膳の屋敷から妙な浪人たちが出るのを見た。そやつらはそのまま、『佐渡屋』に行った。一体、何をやらかしてんだ？」

「…………」

「人に言えぬような事をしてるのではないか？」

政三はとても手代とは思えぬほど鋭い目つきになった。その時、千晶が、

「古味の旦那。いい加減にして下さいよ」

と突き放すように言った。

「和馬様の命令で、私に張りついてたのですか。もしかして、私が誰を庇ってるか、そんなことを知りたくて」

「――やはりそうなのだな」

古味は先走ったことで、シマッタと鼻を歪めたが、千晶は医者の卵らしく物事を冷静に分析している口調で言った。

「旦那方はつまり、私の言うことを信じてくれなかったんだ。そして、あなたたちは……私がどういう気持ちでいるかも知らずに、私の知らない所で色々と調べたんだ」

「…………」

「これまでだって、色々あった。別に知られて困ることはないからいいけど、和馬様にも言っといて下さいな。誰が何と言おうと私は恩知らずじゃないんだ」

「何を言い出す。高山様は、おまえを思ってだな……」

「ふん。どうせ。嫁にもしてくれないしさ……」

千晶は突っ張るように声を荒らげると、政三に向かって、

「さ、行きましょう」

と自分から手を握って歩き出した。

古味は、熊公に高山家まで走らせて、和馬に報せるように命じてから、自分は堂々と二人の後を尾けた。

だが、そこには古味なりの目算があったのである。町方同心に見張られているとな

れば、万が一、千晶が『佐渡屋』に襲われるようなことがあっても抑止となるであろうと。

『佐渡屋』の軒《のき》行灯の灯は落とされ、表戸も既に閉じられていた。潜り戸から、千晶と政三の姿が中に消えると、古味は急に凍るような不安に襲われた。

「――もし、中で殺されて、乗り込んだ時に、『そんな娘は来ておらぬ』などと言われたらどうするのだ」

古味はぶつぶつ言いながら、表戸だけではなく、勝手口も見える掘割の通りへ歩き回りながら様子を見ていた。

一方――。

『佐渡屋』の奥座敷では、寝床で横になった富左衛門は何も言わず、千晶に体をほぐさせていた。黙々と体の節々を隅から隅まで、指の腹を食い込ませるように揉み、押してゆく。

快感の溜息をつきながら、『佐渡屋』はふいに仰向けになると、でっぷり肥えた腹を突き出すような格好で、千晶を馬乗りにさせた。淫らな格好になるのへ、

「私は……おまえの恩人だそうだな」

と静かに訊いた。千晶は、しっかりと頷きながら、『佐渡屋』の体から離れようと

したが、ぐいっと二の腕を摑んで引かれた。

「だったら逃げることはないじゃないか。前にも確か、二度ほど、うちに来て揉んでくれたことがあるな」

「——はい」

「どうして、その時に、〝恩人〟だと言ってくれなかったんだい？」

「なんとなく恥ずかしくて」

「そうかい……私は人様から〝仏〟と呼ばれてるからね」

とニンマリと笑って、

「一々、施しをしたことなんざ覚えてはいないが、ともかく、その恩義とやらのために……」

『佐渡屋』はもう一度、千晶の手を強く摑むと急に目つきが鋭くなって、

「私の人殺しを見たのに黙っていたんだね」

千晶は冷静に相手を見ながら、

「私、誰にも言いません。誰にも……」

と言いながらも、ふいに手の力を抜いた。ぐらりと『佐渡屋』の胸に倒れる仕草になって、そのまま腕を回して、〝風府《ふうふ》〟〝啞門《あもん》〟と呼ばれるツボを軽く押さえた。富左

衛門は一瞬、仰け反ったが気持ちよさそうな顔になった。困惑した顔で、仰向けになったままの富左衛門を見つめる千晶のあどけない顔を見ていて、

「そうか……思い出したよ。その顔……ああ、あの夜の……そうか、そうか」

雪がしんしんと降る大横川——扇橋の上を裸足で走る娘がいた。まだ十三、四になったばかりの千晶であった。

富左衛門は、数年ほど前のその少女の姿をまざまざと思い出したのだが、たまらないように笑いながらも不気味に目を細めて、千晶を見た。

「……？」

千晶は訳が分からず、ただ目の前のぶよついた富左衛門を見下ろしていたが、ふいに床に手をついて立ち上がった。

「ふはは。なるほどな、そういうことか……これで謎は解けたが、はは、後はおまえをどう料理するかだね」

「…………」

富左衛門がゆっくり起きあがった時、千晶は身の危険を感じて、素早く離れた。自分には手を出さぬと信じていたが、それが誤りだと気づいたのである。

富左衛門が手を叩くと、襖が開いて、隣室から用心棒風の浪人がぞろりと現れた。

いずれもが、千晶には凶悪な顔に見えた。

「のこのこ来おって……飛んで火にいるではないが燃やしてあげるよ。表に町方がいるようだが、そんな事は関わりない。こいつらは殺しの玄人《くろうと》だ。やっておしまい」

と浪人が、千晶に布団を被《かぶ》せ、そのままぐるぐる巻きにして窒息させ、俵物にでも見せかけて廻船に積み込み、どこか海の沖にでも捨てるつもりである。

その時――、

「千晶さん！」

と弾くような叫び声を上げながら、中庭から飛び込んできたのは、『貴船』の船頭、佐七だった。

「さ、佐七さん!?　ど、どうして……」

「その女を放せ！　でねえと、こいつの命はねえぞ！」

と富左衛門を羽交い締めにして、喉元に庖丁をあてがった。

「――ま、待て……」

富左衛門は俄に動揺するが、雇われているはずの浪人たちは狼狽せず、抜刀して佐七を取り囲んだ。

「刺してみろ。この娘もお陀仏だ」

浪人は嗄《しゃが》れた声で淡々と言う。殺しの修羅場など何度も潜《くぐ》ってきた態度である。

「本当に殺すぞッ」

と佐七も負けてはいない。少しでも弱みを見せたとたんに、二人とも殺されるのは目に見えているからだ。

緊張が走ったその時、浪人たちの背後に黒い影が躍り出たと思うと、あっという間に背中を刀の峰《みね》で打ちつけた。——和馬である。

「おいおい、佐七。いくら、惚れた女だからって、こういうやり方は無茶だぜ。熊公も言ってただろう。俺に任せろって」

和馬を見た浪人たちは、激怒した顔になって、斬りかかってきた。狭い室内である。和馬は無駄のない小さな動きで、敵の切っ先を叩き落としたり、巻き上げたりすると、浪人たちの手首や指を抉るように斬った。

丹田に錘《おもり》があるように、和馬の動きは乱れていない。剣の合気《あいき》というものは、力の強弱ではない。己の中心はぶらさないで、相手の重心を乱れさせることで、容易に倒すことができる。

「言っとくけどな、俺は直心影《じきしんかげ》流《りゅう》やら一刀《いっとう》流《りゅう》やら天心《てんしん》流《りゅう》やらすべて免許皆伝、ホント強いよ、俺。死にたい奴はかかってこい」

「ふざけるなッ」

と頭目格の浪人が二刀流になって斬り込んできたが、案の定、鴨居に刃を打ちつけて、一瞬、動きが止まった瞬間、和馬は腱鞘《けんしょう》をプツリと斬り払った。浪人たちは根性が据わっているのか、呻き声を洩らすことはすれども、情けない声で叫ぶことはなかった。

「——それほどの気骨があるならば、他に幾らでも生かせる道があるだろうに。どうせ、小笠原大膳に雇われてるのだろうが、まっとうに働かなければ、立派なご先祖様が悲しむぞ、おい」

浪人たちを峰で打ち落とすと、富左衛門はヘナヘナと腰が崩れた。和馬は刀を鞘に納めながら、富左衛門の後ろ衿《えり》を摑んで、

「おまえさんは、表で待ってる奉行所役人たちに引き渡してやるよ」

と乱暴に引き上げた。

佐七は、バツが悪そうにそっぽを向いている千晶に、何も余計なことは語らず、そっと肩を抱いてやった。

七

千晶は奉行所に連れていかず、船宿の『貴船』に連れていった。そして、佐七に船を漕がせて、隅田川に出た。

船には、吉右衛門といまひとり、安楽亭策伝が同船した。

「ええ、毎度、バカバカしい話を一席……童《わらべ》を風の子というは何としたることぞ、と高貴なる人の訊くに、下々の者答えるに、ふうふの間の子なれば、風の子というと答えた」

誰も笑わないが、策伝は一人で大笑いして、

「分かるかな？　もし、おまえたちが夫婦になるなら、風の子を連れてこにゃなるめえ」

千晶は黙ったままである。和馬を差し置いて、無理矢理、佐七と夫婦にされそうになっている気がしたのか、不機嫌だった。策伝は微笑して、

「おい、千晶。おまえのお陰で俺は身も心も元気で高座に出られる。本当に感謝してんだ。な、だから、おまえも俺の話を聞け」

「…………」

「よほど恩義があるようだが、まさにおまえは殺されそうになったんだぞ」

「そんなことありません」

「高山の旦那が駆けつけなかったら、おまえさん、今頃は、『貴船』の屋根船じゃなくて、三途《さんず》の渡し船だ」

「いいえ。あの人は、私をあの橋の上で、助けてくれたんです」

隅田川に出た屋根船は、遡《さかのぼ》って小名木川《おなぎがわ》に入り、まっすぐ進んで、大横川に合流する。行く手に見える緩やかな曲線を描いた扇橋を、千晶は指さした。

「春が近いのに、珍しい大雪の夜だった……私は、母親を亡くしてから遠い親戚に預けられてたけれど、その人たちは意地悪な夫婦者で、自分たちの子とは酷《ひど》く差別されたんだ。辛かったけれど、そこにいるしか術《すべ》はなかった……でも、棒手振《ぼてふり》の真似事をして少しでも足しになるよう働いていたけれど、ある日、私は女衒《ぜげん》に売り飛ばされた」

「そうだったのか……」

「深川土橋《どばしちよう》町の岡場所だよ。まだ年端もゆかぬからと見世《みせ》には出なくてよかったけど、しもやけやあかぎれだらけで、指が何も感じなくなるまで働かされた……そんなある時、無理矢理、客を取らされそうになったんだ。その頃から少しは、按摩の真似事をしてたから、姐《ねえ》さんたちが床に入る前に、私が客をもてなしたりしてたんだ」

「…………」

「その頃に遊女屋にいたのが、弥平次……師匠を脅しに来た、あの強面《こわもて》の男だよ。あの男に私は……手込めにされそうになったんだ。だから逃げた。とにかく逃げた。何処へ行く当てもない。雪なのに履き物もはかずに、そのまま走った。ひたすら走った……でも、あいつ、スッポンみたいなやろうで、追いかけてきたんだ。物凄い形相で、刃物まで持ち出して……私、殺されるかと思った。ううん、殺されてもいいと思った……あんな生き地獄で過ごさなきゃならないなら、いっそ死んで、お父っつぁんやおっ母さんのいる所へ行った方が幸せだって」

丁度、扇橋の上に駆けてきた時、ゆるやかに曲がっているので滑《すべ》って転んでしまった。激しく膝を打って、めくれた着物の裾から、血が滲んで流れて、白い雪が赤く染まった。

あっという間に、弥平次が駆けつけてくるのが見えた。

その時である。

『どうなさった、娘さん』

と番傘を差しかけてくれたのが、『佐渡屋』だった。番頭や手代を二、三人、引き連れて、提灯《ちょうちん》をかざしていた。

そこへ、追ってきた弥平次が乱暴に、千晶を引きずろうとすると、

『およしなさい。可哀想ではありませんか。まだ、こんなに幼い娘を』

と『佐渡屋』が止めたので、

『関わりねえ奴はすっこんでろ！』

弥平次は罵声《ばせい》を浴びせてから、乱暴に千晶を連れていこうとした。足首も捻《ひね》って、きちんと立てない千晶に笞《むち》を打つように、頬を叩いて引き連れていこうとする手を、『佐渡屋』はガッと摑んで引き倒した。

『——やろう！　俺に楯突くと後で偉い目に遭うぞッ』

弥平次の後ろからも数人の岡場所の男衆が駆けてきていた。だが、『佐渡屋』は構わず、番頭や手代に弥平次を少々痛めつけさせてから、

『こんな、か弱い小さな娘を、悪所に引き戻させる訳にはいきませんね。金を払ってあげましょう。それなら文句はありますまい。手元に五十両ある。どうだね？』

番頭が巾着から切餅を二つ差し出した。弥平次はそれを目の当たりにして、これだけあれば、しばらく贅沢《ぜいたく》をして遊べる、とでも思ったのだろうか。俄に欲深い顔にな

って、

『へえ。旦那がそうおっしゃるのなら、そういうことでも結構でやすよ』

　と態度がころりと変わって、追いかけてきた仲間とひゃあひゃあ喜びに跳ねながら帰っていった。

　絶望感に陥《おちい》った千晶は、そのまま川に飛び込んで死のうと思ったが、『佐渡屋』は必死に抱き留めて、

『ばかやろう。死ぬなッ。死んじゃだめだ。辛いだろうが、おまえにはまだまだ先がある。命を無駄にしちゃいけない。何度でもやり直しができるんだからね』

　と必死に、まるで自分の娘のように親身になって欄干から引き離してくれた。

「――その後で、『佐渡屋』さんは近くの自身番に連れていってくれて、着替えをどこかから調達してくれた上に、あったかい蕎麦《そば》まで屋台から取り寄せてくれた……その時の、仏様のような顔の『佐渡屋』さんを、私は忘れることができなかった」

　千晶は自分を納得させるように頷いて、

「だけど私は、『佐渡屋』さんには近づかなかった……というのは、あの弥平次って奴は、私が『佐渡屋』に囲われたと思って、時々、金をせびりに行ってたようなんだ。私のせいで、これ以上、『佐渡屋』さんには迷惑をかけちゃいけない。そう思って、

なるべく遠くで感謝していたんだ」

「――だから、人殺しをした『佐渡屋』の代わりに、弥平次の顔を思い出して、高山の旦那に話したんだな」

さすがは昔取った杵柄である。策伝は岡っ引の顔になって、

「裁かれるべきは、弥平次だと思ったんだな」

「はっきり見たわけじゃない。『佐渡屋』さんではない……そう思いたかったのかもしれない。でも、今日……」

自分の過《あやま》ちに気づいたように、千晶は涙を滲ませた。しかし、まだ『佐渡屋』がなぜ人殺しをしたのか、信じられないという顔つきであった。

「『佐渡屋』はおまえの証言をこれ幸いと、弥平次を下手人に仕立てて殺したんだな。恐らく、今も金をせびっていたのかもしれねえな」

殺されたのは可哀想だとはいえ、弥平次の自業自得《じごうじとく》だとでも言いたげに、策伝が言ったとき、千晶は不思議そうな目で、

「師匠。でも、どうして、そこまで私の……」

「高山の旦那に頼まれたからだよ」

「え……？」

「あの雪の夜、岡っ引が駆けつけてきたのを覚えてないか？　殺しの探索で、本所方《ほんじょかた》を手助けして、扇橋《あの》あたりで下手人探しをしてたのだ」

「――そう言えば……」

『佐渡屋』に助けられた直後に、駆けてきた岡っ引がいた。『佐渡屋』が事情を話すと、近くの自身番に連れていってから、すぐさま探索に戻ったのだ。

「それが、この私だ……済まない。あの場でトッ捕まえなかったのが間違いの元だったのだ。済まない……」

訳が分からず聞いている千晶に、もう一度、頭を下げるのを、櫓《ろ》を止めた佐七が優しい目で見守っていた。

八

北町奉行所では、弥平次殺しをきっかけに、『佐渡屋』がそれまで犯したであろう罪を暴くために、定町廻りだけでなく、吟味方、例繰方《れいくりかた》、本所方などからも与力、同心が出てきて、慌ただしく取り調べていた。事は『佐渡屋』ひとりではなく、勘定奉行も関わりがあると見なされていたからである。

　詮議所に『佐渡屋』を連れてきた古味は、与力の吟味を見ていたが、『佐渡屋』は知らぬ存ぜぬの一点張りであった。千晶を殺そうとしたことは明白であり、用心棒のひとりは正直に吐露したにも拘わらず、

「千晶という女骨接ぎ医が、私の首のツボを変に押さえたから、注意をしたところ、いきなり乱暴を働くので、用心棒に取り押さえてもらったまでのこと。それを、旦那方が乗り込んできて妙な誤解をして、あんな事に……」

　いけしゃあしゃあ、とは『佐渡屋』の言い草のことであろう。まったく恥じるでもなく、悪びれるでもなく、ほくそ笑んですらいる。物証が何ひとつないことで自信を持っているようだ。

　やはり立ち会っている和馬が顔を近づけて、

「まあ聞けよ、『佐渡屋』。六年前のことだ。雪の扇橋、おまえは、千晶を助けてるよな。弥平次に追われていたところを」

「はて……」

「五十両の大金を払ったんだ。忘れたとは言わせねえぞ」

「覚えておりませぬ。失礼ながら、五十両は私にとっては端金です」

　古味は見守っているが、和馬は続けた。

「同じ晩、その近くの小名木川の河岸で、絹問屋『山形屋《やまがたや》』の主人が、物盗りらしい者に刺し殺されているが、おまえの仕業《しわざ》だろう？」

「何をおっしゃいますやら」

「『山形屋』はその直後、おまえの店の〝傘下〟になってる。『山形屋』が、『佐渡屋』……おまえの店から多額の借財があるということで、その形《かた》として店を貰った。その上で、奉公人を半分に減らし、身代はごっそり……おまえは同じような手口で、米問屋、乾物問屋、太物《ふともの》問屋、金物問屋……などを次々と掌中《しょうちゅう》に収めているじゃないか」

「同じ手口？」

「ああ。主人が病死か事故、事件などで亡くなった後に、おまえが出しゃばってるってこったよ」

「それは、請《こ》われてやったまでのこと。主がいなくなった店は大変ですから……」

「屁《へ》理屈はいいよ。おめえは、『山形屋』を殺した後、扇橋にさしかかった時、付近を探索していた同心に気づいた。ああ、本所方に別件で来ていた同心が真っ先に血の跡を追った……その日は雪で、殺した奴の着物にも血はついていたはずだからな」

「…………」

「とにかく、おまえは同心の姿に気づいたから、慌てて逃げようとした。だが、たまたま、千晶に出会った。弥平次も追ってきている。下手をすりゃ、自分の顔を見られる。まずいッ。このままじゃ、絹問屋の『山形屋』殺しがバレてしまうかもしれねえ。そこで、おまえは思ったんだな」

ポンと扇子で膝を叩いて、まるで噺家のように調子をつけた和馬は、ここぞとばかりに声を鳴らして、

「ここで、哀れな娘と会ったのは天の恵み。親切に人を助けて甲斐甲斐しく面倒を見て、弥平次のような悪い奴をやっつけて、娘を自身番に連れていってやり、着物や飯の面倒まで見てやる。そんな親切な仏みたいな人が、まさか、すぐ近くで人を殺してきたばっかりなんぞと誰が思うものか。自身番の家主や番人たちも、わざわざ『佐渡屋』の主人と名乗る者を、目と鼻の先で人殺しをしたなどと疑いもしない。事実、熟練の同心たちですら、頭っから、おまえのことを疑りもせず、番頭ともどもロクに調べもしなかった」

「…………」

「あの時、きちんと仔細に調べておけば、あるいは、おまえか番頭や手代の羽織が、返り血を浴びていたかもしれぬし、物盗りに見せかけるために奪った『山形屋』の財

布なんかも見つかったかもしれねえ。ま、たしかに人間てなあ、思い込みが激しい生き物だからな、一度、信じたものをひっくり返すのは並大抵のことじゃねえ。それを信じた自分をもグラグラと崩してしまうことになるからだ」

「………」

「千晶だって同じことよ。おまえを親切な恩人だと思っていたからこそ、殺しという、とんでもねえ事態を目の当たりにしても、『違う。これは『佐渡屋』さんのしたことではない』と思い込もうとしたんだろうな。騙《かた》りの類いは大体が、そういう人の心の襞《ひだ》を逆手に取るものだが、どうでえ『佐渡屋』、そろそろ正直に吐かねえか？　言う訳がねえか。そんなことすりゃ、てめえの首が晒される。だがな、おまえが黙ってるってことは、誰かさんを助けるだけのことだぜ？　所詮はおまえも歯車のひとつだってこった」

と意味ありげに睨みつけた。黙って聞いていた『佐渡屋』は、〝誰かさん〟という言葉に引っかかったようだが、相変わらず余裕の笑みで、

「何を馬鹿げたことを長々と……私はただ、哀れな娘を助けただけだ。それを人殺しだの何だのと、いくらお旗本でも、証拠もなしにそんなことをおっしゃっていいのですかな？」

と言ったとたん、『佐渡屋』の周りを取り囲んでいた与力や同心たちが俄にざわついた。その変化が何故か、『佐渡屋』自身は気がついていない。

するると、吟味方与力の藤堂《とうどう》が口を開いた。

「――『佐渡屋』。おまえは先ほど、娘を助けたことなんぞ知らぬ、と申したではないか」

「……！」

「よく覚えておるのだな。つまりは、その夜、その刻限に、扇橋にいたということだ……もっとも、自身番の家主も覚えていたがな」

和馬がわざわざ長く話すのは、相手が考えることに集中するのを止め、〝核心〟だけを摘み出すためのものだったのだ。『佐渡屋』の目は泳いでいたが、懸命に震える膝を摑むと、

「ああ。思い出しました。しかし、助けただけのこと。殺しのことなんぞ知りません。何の関わりもありません」

「そうか……だが、先日の米問屋『越前屋』については証人がいるぞ。おまえが助けた、千晶だ。やっと正直に話したよ」

「知りませぬな。そんな娘ひとりの証言で、人殺しにされちゃ敵《かな》いません」

「見てたのは、千晶だけではないぞ」

と和馬が言った。

「ああ。他にもいるんだ」

『佐渡屋』はギクリと和馬を睨み返したが、下手に喋れば墓穴を掘ると察したのか、貝のように口を閉ざしてしまった。

「口は塞いでも、耳は聞こえるだろう。獄門台に行く前に、ここで落語の一席でもしてやりてえくらいだが、客がおまえひとりじゃつまらねえ。『笑門来河豚』っての知ってるか、安楽亭策伝の。河豚食いたさに、一生懸命、笑わせようとする噺だ。だが、河豚は出てこねえんだよ。おまえも同じだ。どんなに頑張ったところで、目先の欲ばかりに囚われる生き様をしてちゃ、鉄砲に当たって死ぬのがオチなんだ」

「…………」

「分からぬであろうな。おまえのような悪党には一生かかっても分かるはずがない。けど、俺は諦めないよ。どんな悪党にも善根てのがあると、俺は信じてる」

悪党と断じていることに、『佐渡屋』は不安な顔になった。何かハッキリと掴んでいるような口ぶりに、焦りすら覚えたのだ。

「だが、おまえはたとえ嘘でも、千晶を助けた。五十両もの大金をポンと出して、苦《く》界《がい》から救ってやった。そりゃ、おまえは我が身可愛さでとっさに取った行いだろう。でも、千晶にとっちゃ、あの雪の夜、あの橋でおまえと会わなければ、どうなってたか分からぬ。悪い男の餌食になってたかもしれないし、己の運命《さだめ》を呪って自害してたかもしれぬ。おまえの嘘が、千晶を救ったのも、これまた事実なんだ……嘘から出た真《まこと》ってこともある。本当は、おまえは良いことをしたんだ。心の奥底では、善行を施したいって思いがあるんだ。だから、とっさに取った行いも、そうしたんだ……俺はそう思う」

「…………」

「恐らく、おまえも人に言えない苦労をしてきたのだろう。人を殺してまで、自分が上にいかなきゃならぬ、そんな思いになった理由があるはずだ。小さい頃に味わった辛い事が、おまえの心を歪めたのかもしれんが、今のおまえの方が〝嘘〟かもしれんぞ。どうせ獄門になるなら、真実の自分に戻ってからいこうじゃねえか。そしたら、お釈迦様も愉快に迎えてくれるというものだ」

ぶるぶると震えていた『佐渡屋』は、

「うるさいッ。ぐだぐだと御託《ごたく》を並べるな。私は何も知らん！」

「——そうか」

和馬が腹の底から溜息を吐き出した時、見守っていた藤堂が声をかけた。

「おまえは、『佐渡屋』富左衛門、だな」

少し間があって、『佐渡屋』は怪訝な顔をしながらも答えた。

「──あ、はい」

「甲州《こうしゅう》は大月真木《おおつきまぎ》の出で、本当の名は、百姓、清七《せいしち》だな」

「はい」

「若い頃に、代官所を仲間と襲撃したことがあるな」

「──い、いいえ」

微妙に表情が揺らめいた。

「代官を殺したかったが、殺し損ねたな」

「いいえ……」

「お菊《きく》という女房がいたな」

「──い、いいえ……」

唐突に女の名が出たので、目をぎょろりと藤堂に向けた。

「女房との間に、娘がひとり生まれたが、流行病《はやりやまい》で亡くしたな」

「…………」

「娘が死んだのは医者のせいだと、脅しに行ったな」

「いいえッ」

「お菊と江戸に出てくる際に、野盗に襲われて、女房は手込めにされた上に、無惨に殺されたな」

「…………」

「殺されたな」

「なんだ。そんな話が関わりあるのかッ」

と『佐渡屋』は明らかに動揺をして、藤堂を睨み返した。

「続けるぞ。江戸に来た当時は、浅草の寅蔵《とらぞう》一家に出入りしていたな。その頃にも、一宿一飯の恩義とやらで、人を一人殺したであろう」

「──知るか」

「廻船問屋の『佐渡屋』に転がり込んだのは、いずれ乗っ取るためだったのだな。先代主人が死んだのも、おまえのせいだな」

「なんだよ、この吟味はよ！」

「米問屋や絹問屋など五人も手をかけた上で、ありもしない借金話を作って、自分の店にするよう仕組んだな」

藤堂は『佐渡屋』の額《ひたい》にうっすら汗が滲んできたのを見ながら、更に問いかけた。

「そのことを命じたのは、勘定奉行の小笠原大膳だな」

「――い、いいえ……」

「小笠原大膳は、おまえの裏の顔を知ってるな」

「い、いいえ……ま、待ってくれよ。裏の顔ってなんだよ」

「おまえは、東海《とうかい》から奥州《おうしゅう》にかけて、諸国の湊々《みなとみなと》に子分が百人もいるな。諸国物産を扱う廻船問屋と称してはいるが、実は盗んだものを集めて売っているな。『越前屋』が安売りできるのも、おまえが盗ませたものだから、だな」

「知るかッ」

「『越前屋』は、おまえの正体を知ったから、殺したのだな。小笠原大膳はおまえの裏の顔を知っていて、金を要求していたのだな。やがて関東郡代になろうという小笠原は、おまえの贓物商《ぞうぶつあきな》いの後ろ盾になると約束していたのだな」

「うるさい！」

怒鳴った富左衛門だが、

「千晶に会った雪の夜……女房のお菊を思い出したのだな」

「――」

「おまえは、己の人生を悔やんでるな。ガキの頃は心優しい子供だったな」

「……いいえ」

「貧しい二親《ふたおや》に楽させてやりたいと、朝早くから夜遅くまで働いていたな。二親も、女房も、一人娘も死んでしまったが、もう一度、会ってみたくないか」

『佐渡屋』の体は異様に震えていた。まるで極寒の吹雪の中に晒されたように唇は青紫になり、絶望とも悲しみとも取れる顔つきになっていた。

「もう勘弁してくれ……俺はもう……」

と『佐渡屋』は掠《かす》れた声になって、

「なんで俺だけが、こんなに苦しまなきゃならないんだ。この世は地獄だ……そう思って生きてきた。親父もおふくろも汗水垂《あせみずた》らして働くだけ働いて、なんもいいことなく死んでしまった……女房のお菊もだ。旅籠《はたご》の娘だったが、俺みたいな百姓の家に来たばっかりに、病になったようなもんだ。何の罪もねえ娘までが……」

「だから、人殺しをしてでも金儲けをしたいくらい、世間を怨んでたのか」

「——お、俺はどうすりゃよかったんだ……」

藤堂は尋問を終えたが、和馬の瞳にも、先ほど、質問していた時とは違う優しさが戻った。

「たしかに、おまえのしたことは取り返しのつかないことだが、おまえを利用した小笠原大膳もまた悪い。小笠原と出会ってなけりゃ、おまえもここまで悪辣《あくらつ》なことはしてないかもしれぬ」

「…………」

「実際に殺しの……手をかけたのは、おまえではなくて、小笠原大膳の雇った浪人どもだ。それでも、おまえには一分の理もない。あるとしたら、千晶の思いを汲《く》んでやることだったな」

『佐渡屋』富左衛門はがっくりと肩を落として、小笠原のことを洗いざらい話すと呟いた。

「そうか。ならば、これで、殺された人たちも少しは浮かばれるかもしれぬな」

「…………」

「最後にひとつだけ聞くぜ……女房、子供に会って詫びたいな」

富左衛門は崩れるように泣き出した。

その夜――。

船宿『貴船』に集まった和馬たち常連は、千晶も一緒になって、落語会を楽しんでいた。

そこには、まるで結納《ゆいのう》式のような三宝に搗栗《かちぐり》、熨斗鮑《のしあわび》、昆布《こんぶ》を載せた祝い膳と、貝箱に、大きなはまぐりの合わせ貝が並べられている。

二人は行く末を誓う約束をしたのである。たったひとつの組み合わせしかない貝は、夫婦円満の象徴《しるし》である。

だが、千晶は、てっきり佐七に嫌われたと思っていた。嘘をついたことで、

——自分は佐七の女房になるのは相応しくない。

と拒んだが、佐七の思いに変わりはなく、千晶もバカ正直に、「私はやっぱり和馬様と添い遂げたい」とみんなの前で言った。

周りの常連たちも取りなしたのである。しかし、和馬はどうも納得できず、落語会どころではなくなってきた。

「人の気持ちは、いつ変わるか、分かりませんからね。ま、今日のところは、引き分けということですな」

と吉右衛門がチャチャを入れる。そして、落語家たちが〝合いの手〟を入れたところへ、真打の安楽亭策伝が登場した。なんだかめでたい席だから、一席ぶつという。

ただ、その話を聞いて、初めに笑った奴が負け、という遊びをやるのだ。

しかし、十八番《おはこ》の笑う門には……で、すぐにドッと爆笑が起こり、隅田の川風を受ける船宿は夜の帳《とばり》に包まれた。月も笑う夜だった。

吉右衛門も月のような穏やかな目で、千晶たちを見守っていた。

時代小説
二見時代小説文庫

八卦良《はっけよ》い　ご隠居《いんきょ》は福《ふく》の神《かみ》11

二〇二三年　三　月二十五日　初版発行

著者　井川香四郎《いかわこうしろう》

発行所　株式会社　二見書房
〒一〇一-八四〇五
東京都千代田区神田三崎町二-一八-一一
電話　〇三-三五一五-二三一一〔営業〕
　　　〇三-三五一五-二三一三〔編集〕
振替　〇〇一七〇-四-二六三九

印刷　株式会社　堀内印刷所
製本　株式会社　村上製本所

ISBN978-4-576-23021-4
https://www.futami.co.jp/

牧 秀彦

北町の爺様

シリーズ

以下続刊

①北町の爺様1 隠密廻《おんみつまわり》同心

②北町の爺様2 老同心の熱血

隠密廻同心は町奉行から直《じか》に指示を受ける将軍にとっての御庭番《おにわばん》のような御役目。隠密廻は廻方で定《じょう》廻と臨時《りんじ》廻を勤め上げ、年季が入った後に任される御役である。定廻は三十から四十、五十でようやく臨時廻、その上の隠密廻は六十を過ぎねば務まらない。北町奉行所の八森十蔵《やもりじゅうぞう》と和田壮平《わだそうへい》の二人は共に白髪頭の老練な腕っこき。早手錠《はやてじょう》と寸鉄《すんてつ》と七変化《しちへんげ》を武器に老練の二人が事件の謎を解く！「南町 番外同心」と同じ時代を舞台に、対を成す新シリーズ！